신조선전기 11권

초판1쇄 펴냄 | 2019년 05월 20일

지은이 | 다물
발행인 | 성열관

펴낸곳 | 어울림 출판사
출판등록 / 2009년 1월 23일 제 2015-000062호
주소 / 경기도 고양시 일산동구 무궁화로 43-55, 801호 (장항동, 성우사카르타워)
TEL / 031-919-0122
FAX / 031-919-0127
E-mail / 5ullim@hanmail.net

ISBN 978-89-992-5674-5 (04810)
ISBN 978-89-992-4794-1 (SET)

신조선제

목차

필독

　본 소설은 허구입니다. 실제적 역사나 사실과 다를 수 있습니다.

신 조선왕조실기

조선을 알리다

"우승컵을 높이 올려 보시기 바랍니다! 더 높이!"

"이야앗!"

"좋습니다! 한번 더 찍을게요!"

신문기자가 월드컵에서 우승한 선수들의 모습을 사진기로 찍었다. 그들의 목에는 금메달이 걸려 있었고 그 모습을 준우승을 차지한 잉글랜드 선수들이 지켜보고 있었다.

조선 선수들이 몹시 부러웠다.

'저 자리에 우리가 있어야 했는데…….'

'우리가 축구를 세상에서 제일 잘할 줄 알았는데 아니었어…….'

'조선의 축구가 세계 최고야. 선수들부터 경기장까지 말이야… 심지어 유니폼도 그랬어…….'

경기 도중에 옷을 잡아끌었다. 그때 조선 선수들이 입고 있던 운동복은 땀이 말라 있었다. 반면 자신들의 옷은 젖어 있었다. 땀이 흥건해진 상태의 옷은 한 발 더 뛰려고 하는 잉글랜드 선수들의 의지를 잡아끌었다.

그리고 조선 선수들은 금세 땀이 마르는 옷으로 최상의 상태를 이루며 잉글랜드를 결승전에서 대파했다.

우수한 것은 하나도 없었고 오직 부족한 것만 느꼈다.

그런 잉글랜드 선수들의 어깨를 감독이 두드렸다.

"그래도 포상금이 주어지지 않았나. 자네들 연봉을 뛰어넘는 포상금이 말이야. 그리고 준우승을 했으니 만족하세."

"예. 감독님……."

"다음 대회에는 꼭 우승을 차지하도록 하세."

"예."

훗날을 기약하면서 대회가 마무리되었다.

다음 날 전국에 조선이 세계축구선수권 대회에서 우승했다는 사실이 알려지고 백성들은 조선의 축구가 세계 최고라고 자부하면서 기뻐했다. 동시에 1승 이상의 성적을 거둔 동양 각국을 위로하고 격려했다.

그리고 선수들을 전쟁 영웅과 동등하게 생각했다.

그것에 대한 금전적 포상이 이뤄지고 명예 포상도 확실하게 이뤄졌다. 선수들에게 체육 훈장이 수여되고 체육 영웅이라는 칭호가 하사됐다.

이희가 월드컵 우승을 이룬 선수들에게 격려했다.

"앞으로 세계축구선수권 대회는 4년마다 열릴 것이다. 그리고 2회부터는 외국에서 대회가 열리게 될 것이니 조선 밖에서도 절대 자신감을 잃지 않고 당당하게 좋은 성적을 이루기 바란다. 꼭 우승이 아니더라도 최선을 다하라."

"예! 폐하! 황은이 망극하옵니다!"

다음 월드컵에서도 우승을 거둘 것이라고 선수들이 다짐했다. 그리고 김천도 이희로부터 격려 받고 훈장 수여를 받았다.

악수하며 김천에게 이희가 고마움을 표시했다.

"경이 모든 것을 이뤘다. 경이 조선의 위상을 높였으며 그로써 황실의 권위를 세워줬다. 짐은 경이 남긴 공적과 충성을 결코 잊지 않을 것이다."

"마땅히 소임을 다했을 뿐입니다. 그저 나라와 폐하를 위해서 당연히 해야 할 일들을 했을 뿐인데 이렇게 칭찬을 해주셔서 너무나 감사합니다. 앞으로도 폐하와 국위를 드높이기 위해 최선을 다하겠습니다."

"이제부터 세계축구연맹을 더욱 발전시키도록 하라."

"예. 폐하."

고개를 숙이며 감사의 뜻을 전했다.

황제와의 만찬을 가지고 그 모든 모습이 사진과 영상을 통해 승정원에 남겨졌다.

선수들은 그 영예를 죽는 순간까지 잊지 못했다.

다음 날 장성호가 입궐해 이희를 만났다.

이희에게 외국 선수들이 아직 조선을 떠나지 않았음을 알려줬다. 아직 여객기가 김포에서 이륙하지 않았다.

"어떤 기종을 본딴 것이라고 했나?"

"C—47입니다."

"C—47이라고?"

"예. 원본이 있기에 미리 결함도 예방할 수 있습니다."

"그래도 정비하는 데에 시간이 걸리는 모양이군."

"한번에 도달할 수 있으면 다행이지만 그렇지가 않아서 처음에 출발할 때 제대로 정비해서 이륙시키려고 합니다. 그래야 안전하게 갈 수 있습니다. 나흘 뒤에 출발하는데, 선수들에게 관광을 시켜주려고 합니다."

"관광?"

"돈이 쥐어졌으니 조선의 것을 마음껏 사게 만들려고 합니다. 그것을 통해 우리 상품이 홍보될 겁니다. 영길리와 불란서 국민들이 그들 정부에 요구하도록 만들 겁니다."

어쩔 수 없었지만 의도적으로 정비 기간을 둔 이유도 있었다.

조선을 경외하게 만든 선수와 축구협회 직원들에게 조선이 어떤 물건을 만들 수 있는지를 알려주고자 했다.

금성차와 배라리, 빠르쇠, 아우들을 앞세운 조선의 자동차는 이미 세상에 알려질 대로 널리 알려져 있었다. 그것 대신 다른 것을 보여주고자 했다.

고국으로 돌아가기 전에 조선을 방문한 선수들이 세계축

구연맹 직원과 역관을 따라서 움직였다. 그리고 한양의 대표 번화가인 종로로 향했다.

종로에 10층 높이나 되는 큰 백화점이 있었고 그 안에 조선의 모든 것이 있었다. 저고리와 양복을 입은 조선인들이 백화점을 들락날락 거리면서 물건을 사고 있었다.

선수들이 사람들의 시선을 끌어 모았다.

"어디 선수들이지?"

"영길리야! 영길리에 돌아가기 전에 백화점에 구경하러 왔나봐."

"포상금도 엄청 받았을 텐데 백화점을 싹 쓸어가겠군. 빨리 사고 나와서 다행이야."

잉글랜드 선수들을 보면서 사람들이 웅성거렸다. 비록 조선에게 패했지만 영국을 대표하는 이들이라는 생각에 눈길이 가고 그들의 사인을 받고 싶은 생각이 들었다.

아이들이 와서 서명해달라고 말하자 물건을 사러 온 영국 선수들이 통역을 듣고 부끄러워했다. 그러면서 좋은 모습을 보여주지 못했다고 말하면서 종이에 필기구로 사인해줬다. 이후 선수들은 백화점을 구경하기 시작했다.

1층에 명품관이 있었고 선수들은 조선의 명품에 어떤 것이 있는지 살펴봤다.

'돌쇠네가봤나'에 들어가서 옷을 보고 감탄했다.

"이런 디자인으로 옷을 만들다니……."

"옷 재질도 엄청 좋아. 어깨선이 떨어지는 게 오히려 개성 있고 멋져 보여."

"이 옷을 사서 가지고 가야겠어."

트렌치코트라 불리는 옷이 있었다.

그 옷은 영국군이 전장에서 우의로 썼던 옷으로 특유의 디자인 때문에 사람들이 꽤나 찾는 옷이 되어 있었다.

돌쇠네가봤나의 트렌치코트는 그것보다 훨씬 발전된 옷이었다. 무릎 아래까지 내려오는 긴 롱코트에 어깨 봉합선은 어깨보다 아래로 떨어져 있었다. 재질은 가볍고 따뜻한 캐시미어로 만들어졌다.

그 옷이 마음에 들어서 선수들이 샀다. 그리고 가격을 듣고 크게 놀랐다.

"얼마라고요?"

"조선 화폐로 300원입니다."

"300원? 그러면 영국 돈으로는 얼마요?"

"잠시만 기다려 주십시오. 환율 확인을 하겠습니다……."

역관과 세계축구연맹 직원이 이야기했다.

그리고 환율 정보를 듣고 선수들에게 알려줬다.

"1원이 4파운드 가량입니다. 300원이니……."

"설마 1200파운드입니까?"

"예. 맞습니다."

"맙소사. 트렌치코트인데 1200파운드라니……."

상상을 초월하는 가격에 영국 선수들이 놀랐다.

그때 점장이 앞으로 나와서 밝은 미소를 보이면서 응대했다. 그가 돌쇠네가봤나의 자부심을 드러냈다.

16

"본 상품은 돌쇠네가봤나에서 자부하는 긴 어깨 외투입니다."

"오버핏이라고요?"

역관이 긴 어깨 외투를 오버핏 코트로 통역했다. 그 단어에 선수들이 되묻자 점장이 웃으면서 다시 말했다.

"조선 최고의 인사와 배라리사의 회장께서도 이 옷을 입으셨습니다. 조선 최고의 명품 외투입니다."

배라리라는 말에 선수들이 숨을 크게 삼켰다. 그와 함께 코트의 가치가 수직상승했다. 냉큼 옷을 집어다가 점장에게 넘겨줬다.

"이 옷을 사겠습니다! 계산해주십시오!"

"알겠습니다. 감사합니다. 고객님."

괜히 없어 보이는 것처럼 보이지 않으려고 엄격하고 근엄하고 진지하게 보이려고 했다. 대영제국 국민의 체면을 세우려고 했고 당황하지 않고 조선의 비싼 코트도 싼 코트를 사는 것처럼 보이려고 애썼다.

그렇게 할 수 있을 만큼 선수들은 미리 두둑한 포상금을 받았다. 옷을 사 입고 매우 만족한 모습을 보였다.

그리고 옆 명품매장에도 들어가서 '주모'라는 간판을 확인하고 영국에서 볼 수 없는 진귀한 명품 구두를 발견했다. 구두의 형태를 보고 선수들이 감탄했다.

"와!"

"이 무늬 좀 봐. 이거 악어 구두 아냐?"

직원이 설명했다.

"양자강 악어가죽으로 만든 구두입니다. 그리고 조선에서 빠르쇠사의 회장께서 구매하셨던 구두이기도 합니다. 조선 최고의 명품 구두입니다."

설명을 듣고 선수들이 고민하지 않고 구두를 주문했다.

"사겠습니다. 직원 분의 말만 믿고 삽니다."

"빠르쇠사의 회장이 구매했던 구두라니."

"이야~"

감탄하며 구두를 결재했고 그것을 산 선수들은 매우 만족했다. 그리고 나와서 집에 가족들에게 줄 선물을 알아봤다. 애인이나 부인이 있는 선수들은 '황진이'라는 화장품 매장으로 가서 조선의 화장품이 어떤지 살펴봤다.

그들은 화장품의 분말에서 차이가 있다는 것을 들었다. 유럽의 화장품은 분말에 중금속이 있어서 중독으로 문제를 일으킬 수 있었다.

그런데 조선 화장품은 천연 화장품으로 얼굴에 분을 아무리 두드려도 문제가 없다는 이야기를 들었다. 조선의 황실에서 쓰는 화장품이었기에 절대 문제가 있어선 안 되는 것이었다.

그 화장품도 선수들이 믿고 분과 연지를 사서 선물로 포장했다. 포장지는 조선에서만 쓰이는 특별한 포장지였다. 그리고 다시 백화점 안을 돌아보기 시작했다.

그러던 중 결승전 중에 시선을 사로잡았던 문양을 발견했다.

"어?"

"나인기다!"

"저 회사가 고려의 선수복을 후원했었어……!"

"세상에, 사람들이 모여 있는 것 좀 봐!"

경기를 치를 때 경기장 외곽에 세워져 있던 광고판을 기억했다.

그리고 몸싸움을 하면서 잉글랜드의 선수복은 땀에 젖어 있었고 조선의 선수복은 땀이 말라 있었던 것을 기억했다. 그런 특별한 선수복, 운동복이 있으면 좋겠다는 생각이 들었다.

나인기 앞에 아이들과 아이들의 어머니인 여인들이 몰려 있었고 그들은 하나같이 선수들이 입었었던 선수복과 똑같은 형태의 선수복을 구하고 있었다.

그러나 이미 동이 난지 오래였다.

"죄송합니다. 고객님. 지금 옷이 모두 팔렸어요."

"어…언제 팔렸는데요?"

"입고되자마자 반나절 만에 다 팔렸어요. 그래서 다음에 왔을 때 구매하셔야 할 것 같습니다. 대표 선수들이 우승해서 고객들이 많이 찾고 있어요."

점장의 이야기에 여인들이 실망한 표정을 지었다.

아이들은 거의 울 것 같은 표정을 짓고 있었고 선수복을 살 수 없기에 매장에서 나올 수밖에 없었다.

그리고 잉글랜드 선수들이 들어왔다. 점장과 직원들이 놀라면서 선수들을 응대했다. 밖에서 사람들이 지켜보고 있었다.

"아, 안녕하십니까."

"안녕하십니까."

"혹시… 무슨 일로……."

평범한 고객이 아니었다. 더군다나 축구 선수였고 한 나라의 대표 선수였다.

점장은 일 때문에 영국 선수들이 찾아온 것이라고 생각했다. 그때 세계축구연맹 직원이 대신 알려줬다.

"영길리로 돌아가기 전에 조선의 백화점을 구경하고 사기 위해서 왔습니다."

"아."

"여기 선수들에게 물건을 보여주시고 판매하시면 됩니다."

"알겠습니다."

그리고 옷을 살피는 영국 선수들을 지켜봤다. 선수들은 진열대에 걸려 있는 옷을 만지며 그 재질과 신축성에 감탄했다. 그리고 역관을 통해 점장에게 물었다.

"이 운동복… 소재가 어떻게 됩니까?"

점장이 대답했다.

"나인기 특수섬유로 만들어졌습니다."

"나인기 특수섬유라고요?"

"예. 나인기 사장님이 주도하셔서 특별히 만든 섬유입니다. 겨울에는 따뜻하고 여름에는 시원한, 그리고 땀 흡수가 빠르면서도 잘 마르는 섬유입니다 운동할 때 입으면 제격입니다."

설명을 듣고 한동안 손에 들고 있던 운동복을 내려다봤
다. 그리고 운동화가 진열되어 있는 곳을 살폈다.
  거기에 선수들의 눈에 익숙한 운동화가 있었다.
  "이것은……."
  "고려 선수들이 신었던 운동화야……."
  점장이 선수들에게 말했다.
  "나인기에서 자랑하는 백호 축구화입니다."
  "백호 축구화?"
  "예. 공을 찰 때 의도한 대로 회전이 잘 먹힐 수 있도록
끈 부위를 측편으로 빼고 캥거루라는 동물의 가죽을 축구
화 겉면에 감쌌습니다. 그리고 바닥에는 징을 박아서 잔디
를 밟고 달릴 때 잘 딛을 수 있도록 처리가 되어 있습니다.
조선 대표 선수들이 신었던 축구화입니다."
  넘치던 아이들과 여인들을 기억하면서 선수들이 물었
다.
  "발 크기에 맞는 축구화를 사고 싶은데 있소?"
  "모든 크기로 입고되어 있습니다."
  "백호 축구화를 사겠소. 아니, 여기 운동복들을 모두 사
겠소. 크기를 재주시오."
  "알겠습니다. 고객님. 감사합니다."
  점장의 입이 귀에 걸렸다. 선수들도 환하게 웃으면서 조
선 선수들이 신었던 축구화를 살 수 있다는 생각에 기대감
을 나타냈다.
  머릿속에서 자신들이 진 이유를 합리화시켰다.

'이런 것 때문이었어! 이런 선수복과 축구화를 신고 뛰니 미친 듯이 달릴 수밖에! 우리가 질 수밖에 없었어!'

그들이 축구할 때 신었던 축구화는 그저 편하게 신는 운동화였었다. 그런 잉글랜드 선수들에게 백호 축구화는 신세계였다.

이내 각자 발 크기를 재고 그 크기에 맞는 축구화를 받았다. 신어보면서 편안함과 새 기분을 느꼈다.

만족하며 나인기 매장에서 나왔다.

"이걸 입고 훈련해야겠어!"

"돌아가면 우리 구단에 나인기에다가 선수복을 받아달라고 말할 거야."

"이 축구화라면 패스나 슈팅도 정확하게 들어갈 거야."

"하하핫!"

웃음이 끊이질 않았다. 매장에서 나온 선수들의 손에 상품이 담긴 가방이 가득 담겼다. 이미 손에 들기 힘들 정도로 많이 들었지만 선수들의 욕심은 끝이 없었다.

이내 위층으로 올라가서 가전제품을 살피기 시작했다.

발열 조리 기구를 포함해서 다양한 제품들이 있었다.

그중 선수들을 놀라게 만든 것이 있었다.

키 높이보다 조금 큰 높은 상자모양의 가구로, 문을 열자 안에서 찬 공기가 뿜어져 나왔다.

점장이 선수들에게 설명했다.

"냉장고입니다."

"냉장고요?"

"예. 왼쪽은 냉동실, 오른쪽은 냉장실입니다. 음료를 넣고 금방 빼 마실 수 있도록 오른쪽 문에 작은 문이 있고요. 요즘 조선에서 사람들이 찾는 기물입니다."

"맙소사……!"

생각하지 못한 신상품을 발견했다.

물론 그런 것이 세상에 있다는 것을 알고 있었지만 조선처럼 가정에서 쓸 수 있을 정도는 아니었다.

냉장고는 음식을 오래 보관하기 위해 얼음 박스에 담기는 얼음을 만들기 위한 것이었다. 그런 생각이 조선에서 깨어졌다. 그리고 찬 공기를 내뿜는 새로운 기물의 존재를 확인했다.

"이…이것은……?"

"냉방기입니다. 여름에 시원하게 보내기 위한 기물입니다. 냉방기를 집에 두시면 잠도 편안하게 주무실 수 있습니다."

손에 들고 있던 모든 것을 떨어트렸다.

가져가야 할 것이 산더미인데 어떻게 그것들을 가지고 가야 하는지 고민했다. 포상으로 지급받은 돈으로 그 두가지를 마지막으로 살 수 있었다.

백화점에서 영국 선수들이 물건을 사고 있다는 보고를 받았다. 그리고 선수들이 세계축구연맹을 통해서 조정에 부탁을 전한 사실이 보고됐다. 총리부에 천군이 모였다.

장성호와 김인석이 이야기를 나눴다.

"여객기를 한 기 더 요청했다 합니다."

"한 기 더? 어째서 말인가?"

"백화점에서 쇼핑을 하는데, 이것저것 고르다 보니 화물차 한 대 분량이 나왔다고 합니다. 그래서 한 기 더 필요합니다. 냉장고에 에어컨까지 샀다고 합니다."

"아예 백화점 장사를 끝낼 심산이군. 그래서 더욱 다행일세. 그 물건들을 사서 유럽에 가면 제대로 홍보가 될 테니 말이야. 이후에 반응이 오면 진출하면 되고. 항공기를 한 기 더 지원하세. 폐하께는 내가 말씀드리겠네."

"예. 총리대신."

포상금으로 물건 구매를 한 선수들을 도와서 유럽에 조선의 물건이 어떤 것인지 알리고자 했다. 그리고 외국 공사관으로부터 들어온 소식들을 받았다.

김인석이 문서들을 살폈다.

"촬영기로 녹화된 영상을 영사기 필름으로 옮겨서 팔고……."

"광고도 끼울 겁니다."

"그래야지. 그리고 여객기 구매 요청도 들어왔군."

"영국과 프랑스에서 팔아줄 수 없는지 문의가 들어왔습니다. 아무래도 자국 항공기 제작 기술로 여객기가 만들어지기까지 기다리다가 다른 나라의 항운업이 발전하는 것을 두려워하는 것 같습니다. 먼저 판매 요청서를 보내왔습니다. 얼마만큼 팔아줄 수 있는지, 얼마에 팔 수 있는지 물었습니다."

"우리 쓰기도 바쁜데 팔아달라고 아우성이군. 그래도 팔아줄 수는 있지. 교육용이나 훈련용으로 먼저 말일세. 하지만 우리가 칼자루를 쥐고 있는 만큼 정당하게 휘둘러야 겠지."

"예, 총리대신."

"우리가 얻을 수 있는 것이 무엇인지 찾아봐야 하네."

김인석의 이야기를 듣고 장성호가 고민했다.

곁에 박은성과 유성혁도 있었고 두 사람은 조용히 그 이야기를 들었다. 그때 유성혁이 입을 열었다.

"문화재."

"음?"

"문화재를 돌려받아야 합니다."

박은성이 성혁의 의견에 동의했다.

"생각해보니 그러네요. 프랑스 놈들의 별명이 유럽 짱깨 아닙니까. 다 자기들 것이라고 하고, 실제로 약탈한 것도 있고 말입니다. 그걸 반드시 되돌려 받아야 합니다."

약탈된 문화재가 거론되자 장성호가 기억을 떠올렸다.

"의궤라는 것이 있습니다."

"의궤?"

"조선에서 전통행사를 치를 때, 어떤 식으로 행사를 구성해야 되는지 상세히 쓰여 있는 책들입니다. 그것이 강화도 외규장각에 보관되었는데 병인양요 때 약탈당했습니다. 그때 직지심체요절과 왕오천축국전도 약탈당했습니다."

의궤 도서를 비롯해서 100점이 넘는 문화재가 약탈되고 도굴 당했다. 그것에 대한 과거의 지식과 기억을 떠올리면서 김인석 또한 미간을 바짝 좁히면서 인상을 썼다.

대화로든 힘으로든 그것을 돌려받아야 하는 것이 인지상정이었다.

"내가 직접 폐하께 고하겠네."

이번에는 장성호 대신 김인석이 직접 움직였다. 협길당으로 가서 이희를 알현하고 영국과 프랑스로부터 여객기 판매 요청이 문의된 사실을 알렸다.

그리고 프랑스에 대한 이야기를 했다.

"이번을 기회 삼아서 의궤를 포함한 외규장각 도서를 반환받아야 한다고?"

"예. 폐하. 그리고 그 외 불란서가 약탈해간 우리의 것들을 모두 돌려받아야 합니다. 지금이 아니면 기회가 없습니다."

"그럼 불란서에게 우리 것을 돌려달라고 해야 되겠군."

"예."

"하는 김에 다른 나라나 식민지로부터 약탈해간 것도 돌려주라고 해야겠어. 이에 대해선 어찌 생각하나?"

정의감이 불타올라 이희가 김인석에게 물었다.

그의 물음에 김인석이 고개를 가로저었다.

"마땅히 하실 수 있지만 조선을 위한 일인지는 잘 모르겠습니다."

"어째서 말인가?"

"우리가 우리 것을 돌려달라고 불란서에 요구할 수 있지만, 그 외의 것은 다른 나라의 문제, 식민지의 문제입니다. 불란서가 잘못 했다고 해도 내정간섭으로 간주할 겁니다. 그렇게 되면…….”

“여객기를 포기해서라도 약탈한 것들을 지키려 하겠군.”

“예. 폐하. 때문에 우리 것을 돌려받고 다른 이들에게 전례와 명분을 만들어주셔야 됩니다. 그렇게 하시면 결국 시간이 해결해 줄 겁니다. 지금은 우리 것에 집중하셔야 됩니다.”

김인석의 충언을 듣고 이희가 고개를 끄덕였다. 그에게 황명을 내렸다.

“외부대신과 논의해서 불란서를 압박하고 우리 도서와 역사를 돌려받도록 하라. 그것을 통해 짐은 백성들에게 또 하나의 부끄러움을 지울 것이다.”

“황명을 받들겠습니다. 황은이 망극하옵니다. 폐하.”

지시를 받고 협길당에서 나갔다.

총리부로 돌아온 김인석은 즉시 외부대신인 민영환을 통해서 프랑스 정부에 의궤를 비롯한 문화재를 반환하라는 공문을 보냈다. 공문을 접한 총리인 클레망소가 대통령인 푸앵카레에게 그 사실을 알려줬다.

“뭐라고 하였소? 고려가 우리에게 약탈한 문화재를 내놓으라고?”

“예. 각하.”

“설마 여객기 판매 조건으로 내세운 거요?”

"예. 여객기를 판다는 것은 양국의 우의와 신뢰를 근간으로 삼아서 하는 것인데 약탈된 문화재가 그 신뢰와 우의의 발목을 잡는다고……."

"……."

"문화재 반환이 이뤄지지 않고선 절대 여객기를 판매하지 않겠다고 합니다. 이런 보고를 드려서 죄송합니다……."

이야기를 듣고 푸앵카레가 기막혀 했다. 책상을 손바닥으로 치면서 자신의 생각을 밝혔다.

약탈한 문화재도 프랑스의 국익이라고 생각했다.

"설령 놈들의 문화재를 돌려줘야 한다고 해도, 그것을 돌려주면 어떻게 되겠소? 우리 프랑스 국민의 자존심이 무너지고, 무엇보다 우리가 취한 다른 나라와 식민지의 문화재까지 돌려줘야 하는 상황이 벌어지지 않겠소? 절대 돌려줘서는 안 되오!"

"하지만 각하… 그렇게 하시면……."

"차라리, 다른 것을 조건으로 세우시오! 고려 정부의 체면을 살려줄 수 있는 다른 것을 말이오! 이번에 고려가 영화 촬영을 한다고 우리 장소를 빌리기로 하지 않았소? 그런 것들을 제의하는 것이오, 어떻소?"

푸앵카레의 이야기를 듣고 총리가 눈을 감으면서 한숨을 쉬었다.

"알겠습니다. 그러면 외무부장관과 이야기를 나눠보고 말씀드리겠습니다."

"빨리 결정해서 보고하시오."

"예. 각하."

문화재 하나를 돌려줬다가 송두리째 돌려줘야 하는 상황을 피하고자 했다. 그런 프랑스의 정부의 처신이 이내 조선 조정으로 전해졌다.

이희가 김인석으로부터 보고 받았다.

"의궤를 비롯한 문화재 반환이 곤란하다고?"

"예. 폐하."

"우리 것을 돌려받겠다고 하는데 불란서가 곤란할 것이 뭐가 있는가?"

"전에 말씀드렸던 것과 유사한 경우입니다. 우리에게 문화재를 반환했다가 다른 나라의 문화재들도 반환해야 하는 상황이 벌어질까봐 걱정하는 것 같습니다. 잘못하면 불란서 국립 도서관과 박물관이 비는 상황이 벌어질 수 있습니다."

"그거야 말로 그들의 사정이지 않는가? 놈들이 택한 길이니 짐은 미리 예고한 대로 행할 것이다. 영길리에 여객기를 팔겠다는 공문을 전하라. 불란서에겐 문화재를 돌려받을 때까지 어떤 것도 주지 마라. 이것은 응징이나 복수가 아니라 그들이 마땅히 해야 하는 것을 요구하는 것이다."

"황명을 받들겠습니다. 폐하."

프랑스의 사정을 절대 봐주지 않았다. 그들이 벌인 짓의 책임을 반드시 져야 한다고 생각했다.

다음 날 프랑스 공사관에 여객기를 판매하지 않겠다는 공문을 전했다. 그 공문이 파리에 이르렀다.

푸앵카레가 조선 조정의 답변을 듣고 언성을 높였다.

"여객기를 팔지 않겠다니?!"

"아무래도 우리가 고려의 문화재를 돌려주지 않아서……."

"그건 그거고, 이건 이거가 아니오? 외교로서 풀어야 할 문제를 경제에까지 끌고 오다니! 인도차이나 반도의 개발에 대해서 논의해보자는 제안도 걷어찼단 말이오?!"

"예. 각하!"

"하! 어떻게 이런 일이! 정녕 놈들은 장사할 생각이 없는 것인가?!"

식민지 개발에 관해서 이야기해보자는 제안을 거부했다는 보고에 푸앵카레가 기막힌 표정을 지었다.

그리고 푸앵카레가 영국의 거래에 대해서 물었다.

"영국은 어찌되었소?"

"판매 승인이 이뤄졌습니다."

"우릴 완전히 차별하는군! 좋소! 그딴 종이비행기 따윈 안 받아도 그만이오! 우린 우리가 기술로 여객기를 개발할 거요! 국내 항공기 제작 회사들에게 예산을 투입하시오!"

"예. 각하."

"발칙한 놈들!"

분통을 터트리면서 조선의 여객기 수입을 중단하기로 했다. 프랑스 정부의 대응이 이내 조선에 전해졌다.

프랑스의 태도를 두고 이희가 더 크게 분노했다.

"끝까지 내놓지 않겠다는 것이로군! 우리가 무리한 것을 요구한 것도 아니고 정당하게 우리 것을 돌려받겠다고 하는데, 이런 식으로 나오다니! 앞으로 불란서를 부를 때 짐은 도적이라고 칭할 것이다! 괘씸한 놈들!"

앞에 앉은 김인석과 장성호도 마찬가지였다.

약탈한 문화재를 돌려주지 않는 프랑스 정부의 태도에 크게 실망했다. 그리고 문화재를 돌려받을 수 있는 수를 이희로부터 하문받았다.

"반드시 돌려받아야 한다. 어떻게 하면 좋겠는가?"

장성호가 잠깐 고민한 뒤 이희에게 말했다.

"우선, 불란서에서 이뤄지게 될 영화 촬영을 취소해야 됩니다. 놈들이 큰 소리를 낼 수 있는 구실부터 막으셔야 됩니다."

"그러면 영화 촬영은 어디서 하는가?"

"미리견에서 하는 것도 나쁘지 않을 것 같습니다. 미리견 공사관에 문의하겠습니다. 그리고 무엇보다 조선이 가진 국력을 제대로 써야 합니다."

"어떻게 말인가?"

"불란서에 우리 자동차 회사 공장들이 있습니다. 공장을 이전시키는 방법도 있습니다."

한숨 쉬고 다시 말했다.

"이제부터 조선의 무역 상대와 경제 협력 상대로 불란서를 배제하는 방식을 취하시면 됩니다. 앞에서는 우의와 협력을 지향한다고 하시고, 실제 행동은 그들을 고립시키는 것으로써 하시면 됩니다. 그리고 우리의 표리부동을 누군가 지적할 때, 그 원인이 불란서가 약탈해간 우리의 역사와 기록, 문화재에 있음을 풍문으로 퍼트리게 되면……."

"불란서 민심이 들고 일어나겠군."

"민심의 눈치를 보는 불란서 정부가 절대 버티지 못할 겁니다. 더군다나 선거를 앞두고 있으니 말입니다. 이제 조선엔 그렇게 할 수 있는 힘이 있습니다. 그 힘을 정당한 일에 쓰셔야 됩니다."

장성호의 이야기를 듣고 이희가 굳센 의지를 세웠다.

"불란서의 버르장머리를 고쳐 놓겠다. 짐에게 고했던 대로 조치를 취하라. 또한 금성차 사장과 남강차 사장을 짐에게 대령하라. 짐이 두 사람에게 말하겠다."

"예! 폐하!"

곧바로 조정 각 부로 조치가 전해지고 라이트항공사에도 조선산업은행을 통해 지침이 전해졌다.

* * *

영길리 선수들이 영국으로 돌아가고 그와 함께 여객기 비둘기 10기가 영국에 판매되어 육군항공대 비행장에 착륙했다. 여객기가 도착한 사실에 조지 5세가 몹시 기뻐했다.

"고려가 만든 것이지만 우리도 여객기를 가질 수 있게 되었군! 항공사 설립은 어찌 되었나?"

"대영제국 항공사를 설립해 직원들을 모집하고 있습니다. 또한 참전 후 전역했던 조종사들을 불러들이고 있습니다. 정비 교육과 조종 교육을 충분히 받은 뒤 상업운항에 나설 겁니다."

"가까이로는 도버해협을 건너고 멀리로는 대서양을 건널 수 있겠군. 비록 우리 여객기가 개발된 것은 아니지만 최초의 항운회사를 설립했다는 게 역사적인 일일세. 창대한 시작을 알려보세."

"예! 폐하!"

조선의 여객기가 세계 최초로 상업 운항을 벌였다는 것이 처음에 마음에 들지 않았다.

하지만 그것을 인정하고 받아들이면서 영국에도 하늘 길을 통해 사람과 짐을 나를 수 있는 수단을 얻고 만족했다. 막상 시작하자 아쉬움보다 기쁨이 넘쳐흘렀다.

이후 이웃나라의 사정에 관심을 가졌다. 조지 5세가 로이드조지에게 물었다.

"프랑스에서도 여객기를 수입하기로 했는데 어찌 되었나?"

그리고 대답을 들었다.

"고려가 금수조치를 내렸습니다."

"음? 어째서 말인가?"

"수출하는 조건으로 프랑스에게 고려에서 약탈해간 문화재와 유물을 돌려달라고 했습니다. 프랑스는 그것을 거부하고 인도차이나 개발에 관한 논의를 가져보자고 했습니다. 그것 때문에 고려 정부와 황실이 매우 분노한 상태입니다."

"푸앵카레가 멍청한 짓을 했군."

"아마도 고려의 분노를 풀려면 더 큰 것을 내줘야 할 겁니다."

욕심을 부리다가 괜한 충돌을 일으켰다고 생각했다.

오랫동안 프랑스를 상대로 대적했던 영국인 만큼 그들이 이뤄낸 결과에 대해 크게 비웃고 조선을 경외하기 시작했다. 프랑스 정부에 조선의 대응이 전해졌다.

"고려가 우리 땅에서 영화를 촬영하지 않겠다고 합니다."

"뭐…뭐라고 말이오……?"

"아무래도 우리에게 빚을 지는 듯한 모습을 보이지 않으려고 합니다. 그 외에 여러 교류를 중단하겠다고 합니다. 문화재와 유물 반환을 거부한 우리 정부를 상대로 도적이라고 비난을 가했습니다."

"뭐? 도적?!"

"고려가 매우 화가 난 것 같습니다……."

프랑스를 두고 도적이라 칭했다는 말에 푸앵카레가 기막힌 표정을 지었다.

그가 생각을 정리하고 이내 크게 소리를 질렀다.

"감히, 대프랑스공화국을 상대로 도적 국가라고 칭한 것인가?!"

참을 수 없는 분노가 치밀어 올랐다. 세상의 어떤 나라도 프랑스를 상대로 그렇게 부른 적이 없었다. 도적이라 불리면서 프랑스의 국위가 바닥으로 곤두박질쳤다. 그러나 프랑스가 잃는 것은 나라의 명예뿐만이 아니었다.

급히 대통령 집무실 안으로 비서실장이 들어왔다.

"각하!"

"……?"

"노동부로부터의 급보입니다! 고려의 자동차 회사가 철수할 수도 있다는 이야기가 나왔습니다!"

"뭣이?!"

"공장 시설을 이전한다는 정보가 흘러 나왔습니다!"

"……?!"

함께 보고를 듣던 클레망소의 낯빛이 어두워졌다.

비서실장이 푸앵카레에게 떨리는 목소리로 말했다.

"이… 이것은 고려의 보복입니다! 놈들의 보복이 시작되었습니다! 공장이 철수되면 대량의 실업자가 발생할 겁니다……!"

프랑스에 폭풍이 몰아치기 시작했다. 정당한 요구를 묵살한 그 대가를 치르기 시작했다.

금성차 프랑스 지사에서 흘러나온 정보를 직원들이 들었다.

"뭐…뭐라고? 공장을 가동 중단한다고?"

"그래!"

"그럴 리가. 주문이 이렇게나 밀렸는데 공장을 가동 중단한다니? 그게 무슨 소리야?"

"본사에서 그렇게 하라고 조치가 내려졌대!"

"뭐?!"

"지금 임원들이 난리야! 공장장님도 당황해서 본사에 급히 연락하는 상황이야! 뭔가 문제가 생긴 것 같아!"

"……?"

일을 하던 직원들이 어리둥절했다. 갑자기 공장 가동을 중단한다는 이야기에 당황하고 술렁였다.

그리고 하던 일을 멈추고 공장장실로 향했다.

공장장실에서 공장장이 전화로 연락하고 있었고 수심 가득한 표정을 짓고 있었다. 그리고 한숨을 쉬었다.

"알겠습니다……."

전화를 끊고 밖으로 나왔다. 앞에 모인 직원들이 공장장에게 물었다.

"공장 가동을 중단한다고 들었습니다. 사실입니까?"

그리고 대답을 들었다.

"그래……."

"예? 어… 어째서 말입니까?"

"나도 정확히는 몰라. 하지만 본사에서 지시가 떨어졌고 프랑스 지사에서도 프랑스 내의 모든 공장을 가동 중지하라고 지시가 내려졌네. 그리고 공장 설비를 이전시킨다고 하네… 한 달 후에 설비가 이전되면 자네들은 퇴직금을 받고 퇴직 처리 될 것이네……."

"……?!"

"이런 소식을 전해서 정말 미안하네…….."

청천벽력도 그런 청천벽력이 없었다.

가동이 잘 되고 자동차 판매도 끊임없이 이뤄지는 공장에서 갑자기 설비를 반출하고 직원들을 퇴직시킨다는 것이 이해되지 않았다.

처음에는 그 말이 농담으로 들렸다. 그러나 곧 진짜라는 것을 알고 아우성을 치기 시작했다.

직원들이 공장장을 상대로 따졌다.

"아니, 왜, 갑자기 그렇게 된 겁니까?! 대체 뭐가 문제입니까?!"

"미…미안하네! 내가 어떻게 할 수 있는 것이 아무 것도 없네!"

"어떻게 이런 일이……!"

공장장의 멱살을 잡았지만 그에게 잘못이 없다는 것을 알고 있었다. 직원들은 혼란에 빠졌다.

금성차와 조선이 뒤통수를 쳤다는 생각을 했다.

하지만 뒤통수를 치는 데에도 이유가 있어야 했다. 그 이유를 몰라 난동을 부릴 수도 없었다. 퇴직 처리 될 것이라는 것이 믿어지지 않았다.

점심 식사 시간에 직원들이 모여서 이야기를 나눴다.

오후에 일할 의욕이 모두 꺾였다.

"대체 왜! 뭐가 문제야?! 갑자기 왜 공장 설비를 이전시켜?! 그러면 이 공장을 다른 자동차 회사에게도 팔지 않겠다는 거잖아?! 그러면 우리는 다시 취직할 수 없다는 이야기 아냐?"

"그렇겠지……."

"갑자기 본사에서 왜 그런 결정을 한 거야?"

직원들 사이에서 의견이 분분했다.

그때 안경을 낀 한 직원이 곰곰이 생각하다가 자신의 생각을 다른 직원들에게 밝혔다.

그는 소싯적에 책을 꽤나 읽은 직원이었다.

"내 생각인데 적어도 재정적인 문제는 아냐."

"그렇겠지! 그렇게나 주문량이 밀려 있는데 어떻게 재정 문제일 수 있겠어! 금성차나 서라벌상사도 세계 최고의 회사인데……!"

"그렇다면 남은 것은 딱 하나, 정치적인 문제밖에 없어."

"정치적인 문제?"

"그래. 우리 정부와 고려 정부 사이에서 뭔가 큰 문제가 일어난 거야. 그렇지 않으면 이런 일이 벌어질 수 없어."

박식한 직원의 이야기에 다른 직원들의 귀가 솔깃했다.

그때 식당 밖으로 나갔던 직원이 안으로 들어와서 다급히 외쳤다.

"공장 가동을 중단하는 이유를 알았어!"

"뭔데?!"

"고려가 우리 정부에게 문화재와 유물을 돌려달라고 했어!"

"뭐?!"

"50년 전에 우리 함선이 고려를 공격한 적이 있었는데 그때 고려의 유물과 문화재를 약탈했었나 봐! 그것을 돌려달라고 했고 우리 정부가 거부했어!"

돌아온 직원들의 이야기를 듣고 다른 직원들이 술렁였다. 그중 한 직원이 돌아온 직원에게 물었다.

"그게 사실이야?"

"그래!"

"고려 게 아닌 게 아냐? 그렇지 않고선 그것을 거부할 리가……."

그때 공장장이 식당에 들어와서 이야기했다.

유물과 문화재에 관한 이야기를 한 사람이 그였다.

그가 공장이 폐쇄되는 이유를 본사로부터 들었다.

"우리가 강탈하고 박물관에서 보관하고 있네……."

"예? 그게 사실입니까?"

"그래. 그래서 우리에게 불똥이 튄 거야. 우리 정부가 반환을 거부했으니까. 우리가 강탈한 것 중에 고려에서 보물처럼 여기는 것들도 있어. 그래서……."

"아니, 그러면 그걸 왜 안 돌려준답니까?!"

"그건 나도 잘 모르네. 하지만 정확한 것은 우리가 고려 것을 강탈해서 가지고 있어야 할 정당함이 없다는 것이지. 정부에서 어째서 거부했는지를 모르지만, 내 생각은 그렇네. 따라서 정부에서 고려의 유물과 문화재 반환이 이뤄져야 자네들 일자리가 지켜질 거야. 우리들 말마따나 주문이 밀려 있으니까. 이런 공장을 본사에서 버릴 이유가 하나도 없어."

공장장의 이야기를 듣고 직원들이 황당함을 느꼈다.

그리고 허탈감을 느끼는 것과 동시에 그들의 정부가 매우 잘못하고 있다는 생각을 하게 됐다.

정당하지 않은 일을 계속 벌이면서 그 피해가 옮겨지고 있다고 생각했다. 직원들이 자리에서 일어났다.

"공장이 문이 닫히면 다른 직장으로 가기도 쉽지가 않은데, 반드시 우리 일자리를 지켜야 합니다!"

"고려 회사들이 우리를 잘 챙겨줍니다! 설령 새로 일자리를 구해도 이렇게 행복하게 일할 수 없습니다!"

"우리 정부가 잘못한 겁니다! 이건!"

직원들의 생각과 마음이 하나로 모아졌다.

프랑스인의 명예가 땅에 떨어졌다고 생각했고 무엇보다 정부의 정당하지 못한 일을 통해서 자신들의 삶이 크게 위협받는다고 생각했다.

공장장 또한 그들과 뜻을 함께 세웠다.

"정부에 우리의 목소리를 들려주세. 우리의 명예와 우리의 생존을 지켜달라고 말이야. 이것은 대프랑스 공화국 시민으로서 받아들이기 힘든 일이야."

"예! 공장장님!"

더 이상 공장에서 자리를 지킬 수 없었다. 일터와 명예를 지키기 위해서 직접 행동하는 수밖에 없었다.

금성차 공장에 납품을 벌이는 하청 업체들과 연대했다.

금성차가 철수하게 되면 해당 업체들도 모두 도산하기에

목숨을 걸고 거리로 나섰다.

그 수는 무려 수만명에 이르렀다.

기차를 타고 파리에 와서 깃발을 들었다.

행진을 하면서 사람들을 향해 그들이 잘 모르는 진실을 전하기 시작했다.

파리 시민들이 시위를 벌이는 임직원들을 지켜봤다.

"정부는 약탈한 고려의 유물과 문화재를 반환하라!"

"반환하라! 반환하라! 반환하라!"

"우리는 일하고 싶다! 정부는 부당한 일을 벌이지 말고 우리의 일터와 생존권을 보장하라!"

"보장하라! 보장하라! 보장하라!"

"정부는 프랑스의 명예를 떨어트리지 마라!"

"와아아아아~!"

시위대를 보면서 파리 시민들이 술렁였다. 이야기를 하면서 그들이 어째서 시위를 벌이게 됐는지 알게 됐다.

시민들 사이에서 공감이 생겨났다.

"아니, 우리가 도둑놈이야? 고려 것을 훔쳐놓고 왜 안 돌려줘?"

"그러니까, 내 말이."

"무리한 것을 요구한 것도 아니고, 왜 안 돌려줘서 이런 사태가 나게끔 만든 거야? 대체 대통령과 총리는 무슨 생각인 거지? 기가 막혀서 원! 도적 소릴 들어가면서 그걸 지켜야 할 이유가 없다고 봐!"

대다수 시민들의 생각과 의견이었다. 그 생각에 프랑스

중심적인 생각을 하는 사람들의 목소리가 묻혔다.

다음 날, 시위대는 파리 시민들과 합세해서 세를 더욱 불렸고 계속 파리 거리를 행진하면서 함성을 키웠다.

그들의 모습이 사진으로 담긴 신문이 가판대에서 팔리며 사람들에게 알려졌다.

푸앵카레의 집무실 책상 위에도 신문이 올려졌다.

신문을 읽고 푸앵카레가 클레망소에게 민심을 물었다.

"아니, 이 신문처럼 우리가 돌려줘야 한다고 시민들이 말하는 것이오?!"

"예. 각하……."

"고려에 유물을 돌려주면, 다른 유물도 돌려줘야 한다는 것을 모르는 것인가?!"

"알아도 신경 쓰지 않는 것 같습니다. 파리 시민을 포함해서 프랑스 전역의 국민들이 우리가 그들의 명예를 떨어트렸다고 말하고 있습니다. 그래서……."

"박물관이 텅텅 비어봐야 정신을 차리지!"

"……."

"미술관도 텅텅 비어야, 그제야 고려 편이 아닌 우리 편을 들어줘야 했다고 생각하게 될 거요! 우리 국민이지만 이렇게 멍청할 순 없소! 정말로 유물을 돌려줘야 한다고 말하고 있는 거요?! 그렇게 하는 것은 우리 선조들을 비하하는 일이오!"

반환의 뜻을 세운 국민들의 행동에 푸앵카레가 분통을 터트렸다. 그리고 이성적이지 않고 감성적이고 이상적이라고 말하면서 자국민들을 비난했다. 그리고 집무실 의자에 주저앉아서 다시 한번 더 곱씹었다.

"어떻게 이런 일이⋯⋯!"

클레망소가 푸앵카레에게 선거가 목전임을 알려줬다.

"시위가 계속 이어지면 서거에 영향을 줄 것입니다. 분위기가 좋지 않습니다. 각하. 선거부터 이기셔야 합니다."

"크으⋯⋯!"

국민들의 일자리가 걸린 일이었다.

선거를 몇 달 앞에 두고 벌어진 악재에 푸앵카레가 이를 갈았지만 결국 무릎을 꿇을 수밖에 없었다.

자신이 져야 할 책임을 국민들에게 떠넘겼다.

"언젠가 이 일에 대한 책임을 누군가 져야 한다면, 반드시 국민들이 져야 할 것이오! 그것이 민주주의니까! 고려 정부에게 반환에 관한 협의를 가지자고 공사관에 연락하시오!"

"예. 각하⋯⋯."

선거에서 이기기 위해 어쩔 수 없는 선택을 했다.

잘못했다간 프랑스 국민들의 일자리가 사라지고 푸앵카레와 클레망소가 유탄을 맞을 수 있었다.

문화재 반환에 관한 논의를 해보자는 요청이 공사관을 통해서 조선 조정에 전해졌다. 보고를 받은 이희는 기막힌 표정을 지으면서 민영환에게 말했다.

"지금에 와서도 반환하겠다는 뜻이 아닌, 협의를 해보자고 하다니. 당장 불란서 공사관에게 협의를 할 생각이 없다고 전하라.”

“예. 폐하.”

어떻게든 버텨보려고 하는 푸앵카레의 의지를 확인하고 완전히 꺾으려고 했다.

결국 푸앵카레가 모든 것을 포기했다.

이번에는 장성호가 민영환과 함께 협길당에서 이희에게 보고했다. 보고를 받은 이희가 만족스런 미소를 지었다.

“의궤 도서가 드디어 돌아오겠군.”

장성호가 말했다.

“의궤 서적뿐만이 아니라 직지심체요절을 포함한 모든 유물이 돌아옵니다. 그리고 이웃나라들이 폐하께 간청을 전했습니다.”

“어떤 간청인가?”

“그들 또한 불란서로부터 탈취당한 유물과 문화재가 있습니다.”

민영환으로부터 받은 공문을 장성호가 이희에게 상신했다. 그것을 이희가 펼쳐서 읽었다. 안에는 조선글로 번역된 이웃나라들의 구구절절함이 쓰여 있었다.

일본과 유구국, 초나라, 중화민국 등 프랑스로부터 유물과 문화재를 약탈당했던 나라들이 조선의 국력을 빌리길 원했다. 그것을 읽은 이희가 자신의 생각을 밝혔다.

“이들의 소망을 들어주지 않는다면 크게 실망하겠군.”

“실망은 하겠지만 우릴 상대로 돌아서진 않을 겁니다.”

"그야, 조선의 국력이 강하니까. 하지만 불의한 일이고 정당하지 못한 일이다. 짐은 불란서에게 우리 것을 돌려 달라고 하면서 이들 나라들의 것도 돌려주라고 할 것이다. 이에 대해서는 어찌 생각하는가?"

장성호에 이어서 민영환이 대답했다.

"폐하의 뜻대로 하시옵소서. 만국이 폐하의 정의로움과 공정함을 찬양할 것입니다."

"전에 총리가 그런 짐의 뜻을 반대했다. 그러나 경은 다르군."

"그땐 불란서 국민이 시위를 벌이기 전입니다. 지금은 또 상황이 다릅니다. 그래서 총리대신이 반대했을 겁니다. 지금은 정의롭지 못한 것을 요구하지 않는 이상 불란서 정부가 들어줄 수밖에 없습니다."

장성호가 이야기를 더했다.

"식민지나 유럽의 다른 나라에 대해서까지 관여할 수 없지만 적어도 우리 이웃나라들의 한은 푸실 수 있습니다. 폐하께서 그들의 한을 풀어주소서. 우리 백성들은 물론이거니와 그들 나라 국민들까지 폐하를 칭송할 것입니다."

이야기를 듣고 이희가 고개를 끄덕였다. 그리고 곧바로 황명을 내렸다.

"짐은 이웃 나라 국민들과 함께 할 것이다. 외부대신은 즉시 짐의 뜻을 요구사항으로 전하라."

"예! 폐하!"

얼마 지나지 않아서 파리로 조선 조정의 요구사항이 전

해졌다. 푸앵카레가 외무장관의 보고를 받고 다시 분통을
터트렸다.

"자기들 것만 돌려받으면 될 것이지, 다른 나라들의 일
을 어째서 신경 쓴단 말인가?!"

"이것은 패권입니다! 놈들이 패권을 부리는 것입니다!
각하!"

"사악한 놈들! 크으……!"

조선이 프랑스 국익에 해를 끼친다고 생각하면서 악하다
고 말했다. 어떻게 하면 그런 요구를 거부할 수 있을지 수
단을 찾기 시작했다.

그러나 등에서 들리는 함성이 그의 생각을 어지럽혔다.

대통령궁 밖에서 분노한 임직원과 파리 시민들의 외침이
울려 퍼졌다.

"정부는 약탈한 고려의 유물과 문화재를 반환하라!"

"우리는 일하고 싶다! 정부는 부당한 일을 벌이지 말고
우리의 일터와 생존권을 보장하라!"

"정부는 프랑스의 명예를 떨어트리지 마라!"

"와아아아아!"

"……."

창밖을 보면서 생각에 잠겼다. 그리고 수 찾기를 그만하
고 국민들이 원하는 대로 하고자 했다. 그의 목표는 명확
했다.

"이제, 나는 모르겠소! 고려가 원하는 대로 해주시오! 프
랑스 국민들이 바란 것이니!"

"예. 각하……."

조선에 강탈한 서적과 유물, 문화재를 반환하기로 조치를 내렸다. 그와 함께 동양에서 취한 것들을 모두 돌려주기로 했다.

* * *

좌석이 탑재되지 않은 여객기가 김포 공항으로 천천히 고도를 낮췄다.

여객기를 조종하는 기장이 부조종사에게 말했다.

"선조들이 우리에게 남겨주신 것이다. 사뿐히 착륙해야 돼."

"예. 기장님."

어느 때보다 흔들림 없이 미끄러지듯이 착륙했다.

이어 몇 대의 여객기가 착륙하자 활주로에서 기다리고 있던 관리들이 차를 몰고서 달려왔다.

여객기에서 화물이 내려지고 있었다.

그리고 서적들을 보고 사람들이 탄성을 터트렸다.

사진기를 든 신문기자들이 있었다.

"의궤다! 의궤가 다시 돌아왔어!"

"조선의 역사가 되돌아왔다!"

"오오오!"

어떤 이는 눈물을 흘렸고 어떤 사람은 함박웃음을 터트리면서 옆의 사람과 함께 기뻐했다.

직지심체요절, 왕오천축국전 등이 외규장각도서와 함께 내려졌고 관리들이 조천수관음보살좌상을 조심스럽게 내리며 프랑스에게 약탈당했던 유물과 문화재들이 모두 돌아왔다.

그 모습을 김인석과 장성호가 함께 지켜보고 있었다.

가슴에서 뿌듯함이 일어났다.

"저걸 되찾지 못해서 3년씩 대여하고 갱신하는 방법으로 들여왔다는 것도 웃긴 일일세. 그런 미래를 지금이라도 막아서 참으로 다행이군."

"그러게 말입니다."

"이제 다시는 외국에 우리 선조들의 역사를 빼앗겨서는 안 되네."

돌아온 문화재를 옮기는 관리의 얼굴에 미소가 끊이질 않았다.

유물은 곧장 이촌에 건설된 국립중앙박물관으로 보내어져서 사람들에게 선보일 준비를 했고 의궤는 강화도에 새로 지어진 외규장각에 보관되기 시작했다.

역사를 잃은 민족에게는 미래가 없었다.

역사를 되찾았기에 다시 미래로 나아갈 수 있었다.

다시는 조선의 미래를 잃지 않고자 했다.

조선에 대한 외국의 칭송이 높아지고 있었다.

조선을 통해서 이루다

조선의 도움으로 프랑스에 강탈당했던 것들이 돌아왔다.

소식을 접한 사람들이 매우 기뻐했다.

"법국에게 빼앗긴 선조들의 유산이 돌아왔어."

"진짜?"

"그래. 여기 신문 기사에 쓰여 있잖아. 세상에 조선이 없었으면 정말 어떻게 됐을까?"

건물을 짓다가 점심시간에 신문을 읽던 중국인이 만약을 상정했다.

미리 신문을 읽었던 그의 다른 동료가 말했다.

"어떻게 되긴. 원세개가 중화제국을 세웠고 우린 그놈에게 충성을 바쳤겠지. 그렇게 하지 않으면 어떤 식으로든지 처형당했을 거야."

또 다른 사람이 말했다.

"나는 조선이 강한 나라여서 다행이라고 생각해. 다른 나라가 국력이 강했어봐. 영국이나 법국처럼 우리 땅과 선조들의 유산을 빼앗으려 했겠지. 이렇게 우릴 위해서 힘써주는 나라가 없어. 조선은 정의로운 나라야."

어떤 나라든지 국익을 취하려 하는 것이 당연했다.

그러나 다른 나라와 조선은 차이가 있었고 중국인들은 그 사실을 여실히 깨닫고 있었다.

상국이어도 상관없다는 생각이 들었다.

"청조가 조선의 상국이었지. 온갖 패악을 부리기도 했었고 말이야. 하지만 반대로 지금의 조선이라면 우리의 상국이 되어도 무방하다는 생각이 들어. 말만 상국이지 우리의 큰 형님 같은 나라가 되었을 테니까. 큰 형님이 되어서 우리와 이웃나라들을 제대로 지켜줄 거야."

"내 말이."

"조선이야 말로 대형 같은 나라야."

상국이 되어도 절대 신하국을 무시하거나 업신여기지 않을 것이라고 생각했다.

중국의 의술을 높이기 위해 조선에서 명의를 보내고 의원을 양성했다.

남경이 중화민국의 수도가 되었고 남경국립대학병원에

서 조선 의원들이 제자들을 길렀다.

그리고 최고의 의술로 중국인들을 치료했다.

그중에 중국의 국부인 손문이 있었다.

그는 간에서 발견된 양성종양을 약물로 제거했다.

그 약물은 향후 100년이 지나서도 개발될 수 없는 약이었다.

그리고 그 사실을 손문이 결코 알 수 없었다.

총통 관저에서 검사를 마친 손문이 침상에 누운 상태로 몸을 회복시키고 있었다.

손문을 그의 부인인 '노모정'이 살피고 있었다.

천군이 없었다면 1915년에 이혼을 했어야 했지만 역사가 바뀌면서 두 사람의 금슬은 매우 좋았다.

병상에 누워 있는 손문을 보면서 노모정이 말했다.

"양성종양이라면서요? 그게 장기의 물혹이라고 들었는데 사는 데에 지장이 없다고 하시지 않았나요?"

"그랬지."

"별 문제도 없는데 어째서 약으로 녹였는지 이해가 안 되네요. 이렇게 고생하면서까지 말이죠."

"그게 나중에 악성종양으로 바뀔 수도 있다고 하오."

"악성종양이요?"

"함께 들었지 않소? 그래서 미리 녹여서 없앤 것이오. 그것 외에 대장에 용종이라는 것도 떼고 위 점막도 살폈으니 별일 없을 거요. 조선 의원 말로는 이제부터는 정기적으로 검사해야 큰 병을 예방할 수 있다고 하오. 해서 부인도 받아 보시구려.”

 “됐어요.”

 “부인과 오래오래 오순도순 살고 싶어서 그러오. 그러니 꼭 받으시오.”

 “다음에 받을게요. 그리고 푹 쉬면서 회복이나 하세요.”

 “알겠소…….”

 검사를 받아보라는 말에 노모정이 웃으면서 투정을 부렸다.

 그런 노모정을 손문이 매우 아꼈다.

 애틋한 관계를 유지하면서 검은 머리카락이 파 뿌리가 되도록 행복하게 살기를 원했다.

 침상에 누운 상태로 손문이 조선에서 만든 볼펜으로 공문을 결재했다.

 검은색 볼펜으로 서명하고 다른 공문에서는 빨간색 볼펜으로 바꿔서 수정할 부분을 표시했다.

 그리고 파란색 볼펜으로 추가 지시 사항들을 써넣었다.

 그가 사용하는 볼펜은 삼색 볼펜이었다.

 “이거 정말 유용하군. 어디 것이라고 했소?”

 “못난이라고 들었어요. 조선에서는 못생긴 사람을 뜻한다고 해요.”

 “못난이? 처음 듣는 이름이군. 내가 보기엔 잘생겼는데, 이름을 왜 그렇게 지은 거요?”

 “저도 그것 때문에 물어봤어요. 그리고 알고 보니 어린 남자아이가 좋아하는 여자아이에게 못생겼다고 장난치는

54

것에서 나온 말이래요. 그래서 아이들을 위한 용품을 뜻하기도 하고요."

"그런 뜻에서 나왔다면 이해가 가는군. 그나저나 역시 조선에서는 기발한 것을 잘 만드는 것 같소. 작은 구슬을 굴려서 잉크를 조금씩 묻히는 필기구도 신기한데 세가지 색을 한번에 사용할 수 있으니 말이오. 우리도 이런 것을 만들어야 할 텐데, 조선에게 도와달라고 해야겠소. 그러면 우리 국민들도 더 열심히 공부할 거요."

삼색 볼펜을 만든 조선을 대단하게 여겼다.

그리고 그런 작은 필기구조차 중국에서 만들 수 있기를 소망했다.

손문이 외무부와 산업부를 통해 조선 조정에 도와달라고 요청했고 조선에서는 중국에 못난이 문구 매장을 진출 시키면서 중국 국민들에게 대량의 문구를 판매하기로 했다.

동시에 중국에 못난이에서 파는 일부 문구용품을 생산할 수 있는 공장을 짓기로 했다.

조선은 돈을 벌고 형제국인 중국은 일자리를 얻으며 조금씩 기술을 배울 수 있었다.

공장을 짓는 인부들이 환하게 웃었다.

"이웃나라가 조선이라서 다행이야."

"암. 그렇고말고. 영길리나 다른 나라였다면 우리 것을 못 빼앗아먹어서 안달 났을 거야."

"조선을 중심으로 동양이 똘똘 뭉쳐야 해!"

인부들의 생각이 중화민국 전 국민의 생각이었다.

조선을 감탄하고 경탄하며 존경하고 있었다.

* * *

　서양에서도 조선에 대해 감탄하는 일들이 벌어지기 시작
했다.
　월드컵이 끝나고 영국 선수들이 집으로 돌아왔다.
　선수들은 조선에서 산 물건이 너무 많아서 양손뿐 아니
라 차까지 동원해서 집에 와야 했다.
　잉글랜드 대표 선수인 '케인'이 집에 와서 자녀들에게 선
물을 건넸다.
　아이들은 옷과 신발을 받으면서 케인에게 물었다. 눈망
울이 초롱초롱했다.
　"아빠, 이건 뭐예요?"
　"고려에서 사온 선물이야."
　"고려에서요?"
　"그래. 이번에 아빠가 월드컵에 출전했잖니. 고려에서
사온 운동복과 운동화다. 입어보고 신어 보렴."
　"예!"
　케인의 말에 아이들이 옷을 입어보고 운동화를 신어봤
다.
　아이들의 모습을 보면서 케인이 흐뭇하게 미소 지었다.
　그리고 마음에 드는지 물었다.
　"마음에 드니?"

"예! 아빠!"

"불편한 것은 없고?"

"엄청 편해요!"

"이 옷들 나인기라고 고려 선수들이 입었던 선수복과 축구화를 만든 회사의 옷이야. 쉽게 살 수 없는 옷이니까, 소중히 하면서 다녀야 한다. 알았지?"

"예! 아빠!"

옷을 받은 아이들이 매우 기뻐했다.

빨간색 운동복에 활 모양의 문양이 있었고 케인은 그 문양이 나인기를 상징한다고 말했다.

그리고 함께 지켜보고 있던 자신의 아내에게도 선물을 줬다.

어깨선이 떨어지는 코트와 악어가죽 구두를 줬다.

그의 아내가 옷과 구두를 보고서 놀랐다.

"세상에. 이게 뭐에요?"

"뭐긴. 선물이지."

"맙소사……."

"옷감이 끝내주지? 무려 캐시미어가 들어간 코트야. 그리고 이건 양쯔강 악어가죽으로 만든 구두고. 한번 입어보고 신어 봐. 딱 어울릴 거야. 당신만 생각하면서 이걸 샀어."

케인이 사온 선물을 보고 그의 아내가 감동했다.

이내 받은 코트를 입어보고 악어가죽으로 만들어진 구두를 신었다.

그리고 환하게 웃으면서 케인에게 말했다.

"엄청 편해요!"

"그렇지. 모양은 어때?"

"좋아요! 그리고 어깨선이 떨어지는 게 뭔가 개성적이어서 더 좋은 것 같아요? 이걸 만든 것도 고려 회사예요?"

"그래. 돌쇠네가봤나, 주모라고 하더라고. 배라리사의 사장과 빠르쇠의 사장이 애용하는 회사였어."

"세상에! 배라리!"

"그리고 당신을 위해서 화장품도 사왔어."

배라리와 빠르쇠는 유럽에서도 명망 있는 회사였다.

세계에서 가장 빠른 차를 만드는 회사로 유럽의 여인들도 그런 차를 모는 남자들을 만나고 결혼하기를 소망했다.

그런 회사의 사장이 애용하는 의류 회사라는 말에 케인의 아내가 눈을 크게 키웠다.

이번에는 그녀의 앞에 분과 입술에 바르는 연지가 놓였다.

한 여인을 형상하는 문양과 글자가 새겨져 있었다.

"회사 이름이 뭐예요?"

"황진이. 고려의 화장품 회사야. 천연화장품을 만든다고 하니까 얼굴에 써도 별 탈이 없을 거야. 그래도 모르니까 손등에 묻히고 나서 써 봐. 그리고 마지막으로 집에 가지고 온 것이 있어. 이것 때문에 조선에서 여객기 한 기를 더 빌려줬어. 우리 선수들이 단체로 구매했어."

처음에 케인이 그 말을 했을 때 그의 아내는 무엇을 사왔는지 감히 집작도 못했다.

잠시 후 차 한 대가 도착했고 집의 문이 열리면서 사람 키보다도 높은 상자가 안으로 들어왔다.

그것을 보고 케인의 아내와 아이들이 입을 크게 벌렸다.

주방 근처로 상자가 옮겨지고 전등을 밝히는 전선에서 새로 전선을 따서 연결하고 다시 상자에서 뻗어 나오는 전선 코드를 연결시켰다.

그리고 상자를 가동했다.

안에서 냉기가 뿜어져 나왔다.

"세상에! 이게 뭐예요?"

아내의 물음에 케인이 의기양양하게 대답했다.

"냉장고야."

"냉장고요?!"

"그래. 고려에선 이걸 집에서 쓰더라고. 그리고 음식을 신선하게 보관해서 요리해 먹고 있어. 영국에서 이걸 쓸 수 있다고 해서 비싼 돈을 들여서 사왔어. 그리고 냉방기라는 것도 사왔으니까 이번 여름을 시원하게 보낼 거야. 고려에 우리가 원하는 모든 것이 있었어."

"맙소사……!"

집에 냉장고가 설치되고 주방 찬장보다도 작은 냉방기가 설치됐다.

인부들이 돌아가고 난 뒤 케인의 아내는 냉방기도 켜보고 시원해지는 실내에 감탄했다.

그리고 그런 것들이 있는 조선을 진심으로 대단하게 생

각했다.

　며칠 후에 집에 사람들을 초대해서 파티를 벌였다.

　이웃집 사람들이 와서 주방에 세워진 냉장고를 보면서 감탄했다.

　"어머! 정말로 냉기가 뿜어져 나오네?!"

　"그러니까요. 고려에 금성전자라는 회사에서 만들었다고 해요."

　"금성 전자? 혹시 금성차하고 같은 회사인가?"

　"남편 말로는 어느 정도 연관이 있다고는 들었어요. 자세히는 잘 모르지만 말이에요. 저 냉방기도 그렇고, 이런 것을 만드는 고려가 정말 대단한 것 같아요."

　"그렇게 느껴지긴 하네… 이런 냉장고는 우리 집에도 있었으면 좋겠어."

　나이 많은 중년의 여성이 냉장고를 보고 몹시 탐을 냈다.

　그리고 케인의 집에 온 다른 집의 여인들과 이야기하면서 냉장고와 냉방기에 감탄하고 집에 둘 수 있기를 간절히 소망했다.

　다시 시일이 지나서 케인이 구단 훈련장에 나갔다.

　몸 풀기를 하고 연습 경기를 치르면서 땀을 흘렸고 떠다 놓은 물을 마시면서 조선에서 결승전을 치렀던 기억을 떠올렸다.

　단맛과 함께 수분보충이 빠르게 됐던 음료를 기억했다.

　"개또라이 마시고 싶네……."

　"음? 개또라이?"

"그래. 개또라이."

"그게 뭔데? 혹시 고려에서 마셨던 거야? 월드컵을 다녀왔던 다른 선수들도 그러던데……."

영국에 남았던 동료 선수들의 물음에 케인이 대답했다.

"고려에서 만든 음료야. 단맛도 있고 흡수가 빨라서 갈증도 금방 없어져. 그래서 물처럼 마시다가 체할 일도 없고."

"고려에 그런 음료가 있었어?"

"결승전을 뛸 때 마셨어. 그리고 효과가 분명히 있었지. 물론 고려에 지긴 했지만 그 느낌은 마셔본 사람만이 알아. 지금 개또라이를 마실 수 있다면 딱이야."

선수들이 케인의 증언에 귀를 기울였다.

그리고 그가 입고 있는 운동복을 봤다.

"와, 이 운동복, 벌써 땀이 마른 거야?"

"그래."

"이것도 고려에서 산 거야?"

"그래. 나인기에서 산 운동복이야. 이 회사가 고려 선수들에게 선수복을 후원했어."

"이야, 신기하네 이거."

케인의 옷을 만져보고 땀으로 젖어 있는 자신들의 옷 상태를 살폈다.

그리고 나인기가 대단한 회사라는 걸 알고 그 회사의 옷을 입고 있는 케인을 부러워했다.

케인이 신은 축구화를 다른 선수가 빌려 신으면서 감탄

했다.

전력질주 할 때 발이 땅에서 미끄러지지 않았다.

"와아! 죽인다, 이거!"

선수들을 통해서 나인기가 최고의 운동복 운동화 제작 회사로 알려지기 시작했다.

* * *

조지 5세가 오전 업무를 마치고 잠시 볼 일이 있어서 침실에 들어왔다.

그때 왕비인 메리의 개인 경대 위에 본 적이 없는 화장품들을 보게 됐다.

하녀들의 도움을 받아 다른 방에서 화장하기도 했지만 침실에서 직접 화장하기도 했다.

그런 메리의 화장품을 보면서 조지 5세가 열어보고 뚜껑에 새겨진 문양과 글을 확인했다.

조선글과 동양 여인의 문양이라는 이내 깨달았다.

조지 5세를 메리가 지켜봤다.

"뭐하세요?"

아내인 왕비의 물음에 조지 5세가 대답했다.

"시계를 가지러 왔다가 화장품을 보고 있었소. 이거, 혹시 당신 거요?"

"예. 맞아요."

"보기에 고려 화장품인 것 같은데……."

"고려 것이 맞죠. 황진이라는 회사에서 만든 화장품이에요. 귀부인들 사이에서 입소문이 나서 쓰고 있어요."

조선의 화장품이라는 말에 조지 5세가 미간을 잔뜩 좁혔다.

그리고 안에 담긴 분을 손끝으로 찍고 그 가루의 상태를 직접 확인했다.

혹시라도 독이 있는 것은 아닌지 의심했다.

메리가 그의 의심을 깨버렸다.

"좋은 화장품이던데요? 얼굴에 분을 묻혔을 때 문제도 안 일어나요. 자연추출물로 썼다는데 써보고 좋아서 계속 쓰고 있어요."

"이걸 어떻게 구한 거요?"

"아는 귀부인에게서 구했어요."

"밀수 아니오?"

"그거야, 저도 모르죠."

"만약 밀수라면 범죄로 처벌될 수 있소. 내가 알기로 이런 것이 수입된 적이 없었던 것으로 아오. 왕족과 귀족으로서 모범을 보여야 할 거요."

조지 5세의 말에 메리가 짜증 섞인 말투로 말했다.

"그러면 정식으로 수입하든가요. 정식으로 수입해서 팔면 우리가 밀수할 이유도 없잖아요. 그리고 밀수했는지 안 했는지도 모르면서 지레짐작하고 날 범인 취급해요? 상당히 기분 나쁘네요. 오늘 밤에 여기서 자기만 해 봐."

"……"

"뭐해요? 볼일 끝났으면 당장 나가요! 꼴도 보기 싫으니까!"

괜히 의심했다가 벌집 건드린 것인 양 메리를 단단히 화나게 만들었다.

그녀의 화를 풀지 못하면 정말로 침실에서 쫓겨날 수도 있다고 생각했다.

궁전에 침실이 많아도 왕비와 함께 침실을 쓰지 않으면 구설수에 오를 수 있었다.

그것뿐 아니라 메리의 기분을 생각해서 조지 5세는 즉시 미안하다고 말하고 화장품에 대해서도 잘 쓰라고 말했다.

집무실에서 오후 업무를 볼 때 로이드조지를 만났다.

조지 5세는 그에게 조선의 화장품에 대해서 이야기했다.

점심시간에 있었던 일을 로이드조지에게 말했다.

"왕비가 황진이라는 화장품을 쓰던 모양이군. 고려 화장품인데 질이 좋은 화장품인가 봐. 짐이 본 적이 없는 화장품인데, 혹시 정식으로 수입된 적이 있는가?"

"없을 겁니다."

"황진이를 아는가?"

"압니다."

"경은 어떻게 그것을 아는가?"

"그야… 제 아내도 쓰고 있으니까요. 제 아내도 정말 좋은 화장품이라고 극찬하고 있습니다. 제 생각에는 밀수로 들인 것 같습니다. 고려에 다녀온 선수들이 처음으로 사왔던 것으로 압니다. 평민과 귀부인을 가리지 않고 황진이를

64

찾고 있습니다."

로이드조지의 대답을 듣고 조지 5세가 고개를 절레절레 흔들었다.

그리고 조선의 물건 때문에 왕족과 귀족의 기품이 무너지고 있다고 생각했다.

그것은 부끄러운 일이었다.

"만약 화장품을 쓰지 못하도록 만든다고 해도 밀수는 그쳐지지 않겠지."

"그럴 겁니다."

"그리고 밀수로 들이면 그만큼 비싸고 세금도 거둬들일 수 없을 테니, 황진이를 정식으로 수입해야겠어… 짐의 생각에 대해서 어찌 생각하나?"

조지 5세의 물음에 로이드조지가 걱정을 드러냈다.

"국내 화장품 회사들이 반대할 겁니다."

다시 조지 5세가 말했다.

"가격이 비슷하다면 그렇겠지. 하지만 관세를 비싸게 먹인다면 가격이 겹치지 않아서 괜찮을 것이라고 보네. 왕비와 귀부인들이야 비싼 값에라도 살 테니까. 중요한 것은 왕족과 귀족 여인이 범법을 저지르지 않는 것에 있어. 돌아가면 그것에 관해서 이야기해보도록 하게."

"예. 폐하."

"집안이 시끄러우면 나라도 시끄러운 법일세."

"예."

두 사람이 깊이 공감하면서 함께 뜻을 세웠다.

궁전에서 나간 로이드조지는 특별히 국무회의 자리에서 황진이에 대한 이야기를 했고 귀족이 범죄를 저질러선 안 된다는 주장을 했다.

그리고 조선 통상부에 정식으로 화장품 수입에 관해서 문의했다.

장성호가 성한과 교신을 벌이면서 그것에 관한 이야기를 했다.

"영국에서 화장품 수입에 관해서 문의했습니다. 화장품뿐만이 아니라 운동복과 운동화, 심지어 전자제품까지 팔 수 있는지 문의하더군요. 조정에서는 수출을 승인할 계획인데 조금 이상한 이야기가 나오고 있습니다."

—어떤 이야기를 말인가요?

"수입을 하되, 상당한 관세를 붙일 모양인가 봅니다. 아무래도 자국회사를 보호하면서 세금도 상당히 거두려는 것 같습니다. 그리고 실제로 그렇게 될 것이라고 봅니다."

장성호의 이야기를 듣고 성한이 전화상에서 곰곰이 생각했다.

그리고 장성호에게 말했다.

—그것을 이용하는 게 어떨까요?

"이용한다고 말입니까?"

—예. 관세가 붙으면 가격은 당연히 비싸질 거고, 어차피 사람들에겐 황진이나 나인기가 좋은 상품을 만드는 회사라는 것을 압니다. 특히 지금의 화장품은 중금속이 섞여 있어서 천연재료 화장품이 훨씬 고급스럽게 느껴집니다.

그렇다면 비싼 가격을 더욱 높여서 범접할 수 없는 가격으로 만드는 겁니다.

"명품 브랜드로 만들어서 조금만 팔려도 막대한 수익이 날 수 있게 만들자, 이겁니까?"

─바로 그겁니다. 거기에 다른 제품의 견본품을 덤으로 얹어서 판다면, 물건을 사는 사람 입장에서는 정말로 귀한 대접을 받는다고 여기게 될 겁니다. 이 시대의 유럽에서는 그런 문화도 없으니 말입니다. 유럽의 귀족과 부호가 움직이면 사람들의 관념도 결국 따라올 수밖에 없습니다. 지금의 조선이라면 그렇게 할 수 있습니다.

성한의 이야기를 듣고 장성호가 이해했다. 그리고 대답했다.

"대신들과 논의해보고 말씀 드리겠습니다."

성한이 말한 대로 통상부대신을 겸하는 민영환과 총리대신인 김인석과 이야기했다.

직후 두 사람으로부터 긍정적인 대답을 들었다.

즉시 이희에게 보고하고 조정의 결론을 전한 뒤 승인받았다.

직후 돌쇠네가봤나와 주모, 황진이, 나인기, 개또라이와 금성전자 등이 영국에 진출하기로 조치가 내려졌다.

런던의 명품을 파는 거리에 황진이 1호 매장이 개점됐다.

가위에 리본이 잘리면서 박수 소리가 울려 퍼졌고 조선에서 파견 된 점장과 직원들은 미소 띤 얼굴로 매장 개점을 축하해주는 사람들과 악수했다.

그리고 곧바로 손님을 받기 시작했다.

망사와 꽃으로 장식 된 기품 넘치는 모자를 쓴 여인이 고급스런 마차를 타고 매장 앞에 도착해 도도하게 들어왔다.

점장이 직원들을 이끌고 여인을 맞이했다.

"이렇게 와주셔서 감사합니다. 그리고 영광입니다. 고객님."

점장과 직원의 인사에 여인이 마음에 들어 했다.

여인이 매장 안을 둘러봤다.

매장에 고용된 영국인 직원이 점장의 지시를 받아 여인을 모셨다.

"혹시, 찾으시는 상품이 있습니까?"

"화장품… 혹시 얼굴에 두드리는 분이 이건가요?"

"네. 고객님."

"굉장히 많아 보이는데, 설명해주시겠어요?"

"네. 여기의 분은 1호부터 30호까지 있고 여기는 백분, 여기는 색분, 그리고 여기는……."

미리 교육 받은 직원이 떨지 않고 친절하게 설명했다.

설명을 듣던 여인은 고개를 끄덕이면서 이해했고 자신이 쓰던 화장품이 다가 아니라는 사실을 알았다.

다양한 색과 다양한 기능이 있다는 것을 알았다.

그리고 분 외에 다른 화장품에 대해서도 설명을 들었다.

햇볕에 얼굴이 타지 않게 만드는 화장품도 있었다.

"정말 이걸 쓰면 얼굴이 까맣게 되지 않나요?"

"네. 고객님."

"어떻게 그렇게 되나요? 어떤 성분이기에……."

여인의 물음에 직원이 배운 대로 대답했다.

"햇빛에는 무지개처럼 색을 나타내는 빛 외에 자외선과 적외선이라는 빛이 있습니다. 그중 자외선은 살을 타게 만드는 빛이라서 그 빛을 차단하는 성분이……."

직원의 이야기를 듣고 여인이 고개를 끄덕였다. 그리고 가격을 물었다.

"분을 사러 왔는데 방금 전의 것이 더 필요할 것 같네요. 얼마나 하나요?"

"50파운드입니다."

"50파운드? 세상에. 그렇게나 비쌀 수 있나요?"

"네."

"세상에……."

가격을 듣고 여인이 충격을 받았다.

50파운드는 영국에서 일용직 근로자가 2달 동안 일해서 받는 임금보다도 많았다.

직원이 여인에게 차분하게 말했다.

"저희는 명품 화장품 브랜드입니다. 황진이는 고려에서 아름다움을 상징하는 여인의 이름이며, 동양의 신비감을 간직한 자연화장품을 생산하는 회사입니다. 고려 황실에서도 저희 회사의 화장품을 사용합니다."

"고려 황실에서요?"

"네. 고객님. 때문에 보통 사람들은 쉽게 구할 수 없고,

그렇게 되어서도 안 됩니다. 오직, 귀족을 위한 제품, 귀부인을 위한 제품을 팔고 있습니다. 바로, 부인과 같으신 분을 위해서 말이죠. 여기의 화장품은 부인처럼 존귀하신 분을 위해서 존재하는 겁니다."

"……."

"50파운드라는 가격에도 아깝지 않을 수 있는 자신과 자부심을 가지고 있습니다."

누구나가 살 수 없는 특별함이 있었다.

그리고 높은 가격에도 당당함과 자신감을 가지고 있었다.

직원의 설명을 듣고 여인이 다시 화장품 진열대를 살폈다.

그리고 설명을 들었던 제품 중에 자신이 생각했던 것을 짚었다.

몇 가지 제품을 짚으면서 직원에게 말했다.

"이것과 이거, 그리고 이것을 살게요. 합쳐서 얼마죠?"

"120파운드입니다. 고객님."

"바로 결제할게요."

"네. 감사합니다. 그리고 외람되지만 고객님의 존함과 주소를 알 수 있을까요?"

"이름과 주소는 어째서……?"

"고객님처럼 특별하신 분께 견본품을 보내드리기 위함입니다. 그리고 회사에 등록되면 본사 제품을 구매하실 때마다 마일리지가 쌓이고 그 마일리지로 좋은 신상품을 구매하실 수 있습니다. 괜찮으시면……."

"등록할게요! 혹시, 전화번호도 필요한가요?!"

"네. 고객님."

"지금 바로 알려드릴게요! 잠시만 기다려 주세요!"

특별히 관리해주고 견본품을 보내주겠다는 말에 여인이 주체할 수 없을 정도로 몹시 흥분했다.

이미 귀족의 기품이고 뭐고 전부 내던진 상태였다.

조금 있다 조선에서 피부 관리사가 오고 피부 관리를 받을 수 있는 쿠폰을 받자 아예 다리에 힘이 풀리면서 그 자리에서 주저앉을 뻔했다.

돈은 비싸게 지불했지만 푸근한 마음을 얻을 수밖에 없었다.

제품을 사서 다른 제품의 견본품을 받는 것은 덤이었다.

그 모든 것을 함께 온 하녀에게 맡기고 도도하지만 힘찬 발걸음으로 매장 밖으로 나가 다시 마차 위에 올랐다.

여인이 떠날 때 점장이 밖으로 나와서 허리를 굽히며 인사했다.

그리고 또 다른 여인이 찾아왔다.

"여기가 황진이 정식 매장인가요?"

"네. 고객님."

"화장품을 사려고 하는데……."

"아, 그러신가요? 안으로 드시지요. 제가 모시겠습니다."

실크와 보석으로 잔뜩 치장한 여인들이 찾아왔다.

나이 많은 여성부터 어린 영애까지 가리지 않고 하나둘씩 찾아오더니 보름이 지나서는 어느새 귀족 여자들로 매장이 채워지게 됐다.

얼마가 되었든 돈을 지불할 수 있는 사람들이었다.

"여기 루주, 그리고 분 세가지, 자외선 차단 크림까지, 얼마죠?"

"170파운드입니다. 고객님."

"수표로 드릴게요. 여기 170파운드, 됐죠?"

"예. 감사합니다. 고객님. 저희 제품을 구매해주셔서 다른 제품의 견본품도 드릴게요. 다음에도 방문해주십시오."

큰돈이었지만 돈을 써도 아깝지 않다는 생각이 들게 만들었다.

황진이 매장에 계속해서 귀부인과 영애들이 찾아오고 심지어 신사가 와서 화장품을 사서 교제하는 영애에게 선물했다.

정식으로 판매가 되면서 비록 비싸지만 사용하는 사람들이 많아졌다.

그리고 조선 화장품의 뛰어남을 몸소 경험하게 됐다.

"세상에! 얼굴에 난 여드름이 가라앉았어!"

"자외선 차단제를 발랐더니 얼굴이 타지가 않아!"

"고려의 화장품이 이런 것이었다니! 어째서 명사들이 비싼 돈을 주면서 샀는지 알겠어! 정말 명품 화장품이야!"

소문은 호기심을 만들어냈고 호기심은 증언과 다시 소문

을 만들어냈다.

영국에 정식 매장이 생긴 지 한달이 지나지 않아서 호사가들 사이에서 극찬이 이어졌다.

그리고 더 많은 귀부인과 영애들이 더욱 예뻐지기 위해 고려의 화장품을 원했다.

황진이라는 이름보다 고려라는 이름이 더 널리 알려졌다.

고려에 고급이라는 단어가 씌워지고 있었다.

그것은 단순히 뛰어난 것을 한번 더 뛰어넘는 것이었다.

이탈리아의 한 여배우가 신문기자들 앞에서 인터뷰했다.

"제가 쓰는 화장품이요? 당연히 황진이죠. 저는 고려 화장품을 쓰면서 피부를 관리해요. 그리고 특별함을 얻죠. 왜냐하면 누구도 쉽게 쓸 수 없는 화장품이니까요. 저는 특별함을 원해요."

그 인터뷰가 번역 신문을 통해 온 유럽에 뿌려졌다.

그리고 유럽 여인들의 가슴에 선망이라는 단어를 새겨넣었다.

그것은 세상에서 제일 빛나는 보석 같았다.

장성호가 웃으면서 성한과 교신을 취했다.

"하하하, 대성공입니다. 과장님 말씀대로 가격을 높였더니 오히려 더 대박이 났습니다."

―제가 한 게 있겠습니까. 저 말고 다른 분이 그렇게 말했을 겁니다.

"견본품 증정이 주는 파급도 정말 크다고 보고가 전해졌습니다. 견본품을 써보고 마음에 들면 다음에 와서 덩달아 구매한다고 합니다. 정말 통찰력이 있으십니다. 하하하."

엄청난 수익을 거두고 그것은 그대로 조선의 국부와 일자리 창출로 이어졌다.

고급과 명품이라는 것으로 나라의 위상을 올리는 것 또한 막대한 이익이었다.

그것을 이뤘다는 생각에 장성호의 웃음이 끊이질 않았다.

그렇지만 성한은 더 중요한 것을 봤다.

—물이 들어왔으니 노를 저어야죠. 화장품 하나로만 조선의 위상을 올리기에는 부족합니다. 벤치마킹을 해서 다른 물품도 고급스럽게 만들어 봅시다.

"예! 과장님!"

—미국 회사는 조금 대중적으로 만들어서 팔겠습니다. 대신 조선이 고급과 명품을 차지하는 겁니다.

"예!"

처음과 고급, 명품을 조선이 맡기로 했다.

그리고 성한이 대리하는 미국 회사는 좀 더 대중적인 부분에 치중했다.

누구나가 쓸 수 있었기에 수익은 그만큼 거두지만 사람들은 누구나 쓸 수 있는 것보다 특별한 것에 시선을 맞추고 있었다.

조선에서 판매 된 월드컵 경기 영상이 영사기를 통해서 유럽의 극장에서 상영됐다.

축구를 좋아하는 사람들이 영화관으로 향했고 거기서 자기 나라의 경기 영상을 보려고 했다.

극장 안에 들어오자 어디선가 뿜어져 나오는 냉기를 느꼈다.

"음? 어디서 이렇게 시원한 바람이?"

"뭐야 이건?"

여름에 극장에 오는 것은 곤욕이었다.

더군다나 더운 날씨에 좁은 실내에 사람들이 모여 있는 것만큼 힘든 일이 없었다.

그래서 축구 경기 상영을 보기 위해 극장에 온 사람은 축구를 미치도록 사랑하는 사람들이었고 자기나라와 선수들을 열정적으로 사랑하는 사람들이었다.

그런 사람들이 시원함을 느끼고 한 여름의 극장에서 쾌적함을 느꼈다.

영상이 시작되자 음악이 연주되면서 광고가 시작되었다.

영상이 상영되기 전에 월드컵을 후원했던 회사들의 소개가 이뤄졌다.

후원사의 주요 제품이 사람들의 눈에 들어왔다.

"뭐야 이건? 설마 후원사야?"

"개또라이?"

"나인기라고 고려 선수들에게 선수복을 지원했다는데? 월드컵에 축구공도 지원했다고 되어 있어."

"금성전자는 뭐지?"

"냉방기?"

처음 접하는 기물이었다. 영사기로 비춰지는 영상에 영어로 냉방기에 대해서 설명되어 있었다.

그리고 극장에서 지금 냉기를 뿜어내고 있다는 것을 관객들에게 알렸다.

그러자 관객들이 놀라면서 주위를 두리번거렸다.

"와, 이게 설마 냉방기 때문이었어?"

"고려에서 이런 것도 만든 거야?"

"이렇게 시원하면 몇 시간이나 있을 수 있지!"

감탄하며 탄성을 터트렸다.

그리고 냉방기와 함께 냉장고와 전자레인지 등을 보게 되면서 조선에 상상을 초월하는 기물이 있다는 것을 알게 됐다.

경기 영상을 보기 전에 광고에 온 신경이 빼앗겨 버렸다.

때문에 잉글랜드의 경기를 보다가 경기장 외곽에 세워진 광고판을 보고 거기에 쓰여 있는 글자와 문양을 알아볼 수 있었다.

결승전 이전까지 잉글랜드의 승리와 골에 열광했고 조선과의 경기에선 계속해서 골을 먹음에 탄식을 터트렸다.

며칠 동안 이어지는 상영 끝에 잉글랜드를 무참히 박살

낸 조선을 기억하면서 그 축구실력에 감탄했다.

"그렇게 잘할 줄 정말 몰랐네……."

"사기 친 거 아냐? 어떻게 종주국인 우리가 그렇게 질 수 있지?"

"사기라고 하기엔 고려가 너무 강하잖아. 우리가 고려보다 나은 게 하나도 없었는데 말이야. 그렇게 팀 전체가 하나가 되어서 움직이는 것을 처음 봤어."

"사이드 수비수가 그렇게 공수를 오갈 수 있다니… 아직도 기가 막히네. 참 나."

경악했고 탄성을 터트렸고 탄식을 터트렸다.

그리고 영국의 대표 팀들을 제치고 월드컵에서 우승한 이유에 대해서 모든 것을 궁금해했다.

실력 외에 다른 부분도 있을 거라고 생각했다.

선수들은 이미 알고 있었다.

조선과 결승전에서 맞붙었던 잉글랜드 대표 선수들이 소문을 퍼트렸다.

한 선수가 나인기에서 선수복을 입고 축구화를 사서 신어야 한다는 강한 주장에 구단이 나서서 직접 나인기에 문의했다.

그리고 선수들에게 선수복이 지급됐다.

"세상에, 이번에 우리가 이걸 입고 뛰는 거야?!"

"그래! 나인기에서 제작한 옷이야!"

"정말로 땀이 잘 마를까?"

"그거야 뛰어보면 알겠지. 이걸 입고 저 축구화를 신고 경기에 출전하는 거야!"

케인이 속한 리버풀 축구단이었다.

리버풀 축구단에 나인기가 선수복을 후원하기로 했다.

그리고 선수들의 발 크기에 맞춰서 축구화마저도 지원됐다.

경기장 외곽에 나인기 광고판이 세워지고 사람들은 축구 경기를 보면서 열광하고 광고판에 새겨진 나인기 문양을 보게 됐다.

징이 박힌 축구화를 신은 선수가 전력질주 했다.

"케인이다!"

"빠르다!"

철썩!

"골!"

"와아앗!"

축구화를 신은 케인을 수비수들이 따라잡지 못했다.

경기가 끝난 후에 리버풀 선수들은 땀이 이미 말라 있는 선수복을 만지면서 감탄했다.

상대팀 선수들의 옷은 모두 땀에 젖어 있어서 전반이 끝났을 때부터 그들은 이미 지쳐 있었다.

케인이 웃으면서 선수들에게 말했다.

"거 봐. 나인기를 입으면 상대 팀을 쉽게 이길 수 있다니까. 올해 우승은 우리 차지야."

"그래!"

다음 경기에도, 그리고 또 다음 경기에도 리버풀이 이겼다.

5연승을 하고나서야 무승부를 이뤘고 다시 경기에서 이기면서 연승가도를 달렸다.

경기가 끝난 어느 날 저녁이었다.

샴페인을 터트리면서 선수들이 승리를 축하했다.

그리고 한 선수가 자신하면서 크게 외쳤다.

"이 정도면 고려를 상대해서도 이길 수 있을 거야!"

"우리도 똑같이 나인기 선수복과 축구화를 신고 뛰고 있다고!"

"우리가 세계 최고의 팀이야!"

"오오!"

선수들이 함성을 지르면서 조선을 상대로 이길 수 있다고 자신했다.

그러나 그중 오직 한 사람만이 그러한 믿음을 부정했다.

그는 케인이었다.

"아니야. 우리는 절대 고려를 상대로 이길 수 없어."

"작년보다 강해졌잖아. 꼭 선수복과 축구화를 새로 신었다고만 해서 우리의 실력이 는 것은……."

"강해진 것은 맞아. 하지만 고려만큼은 아니야."

"……."

"난 이미 고려 선수들과 월드컵에서 대결했어. 그리고 그놈들이 얼마나 공 다루는 기술이 좋은지, 몸이 얼마나 단단하지, 또 얼마나 빠른지 알고 있어. 그리고 그것뿐인가? 자네들도 영사기로 경기를 봐서 알겠지만 놈들의 전술은 완벽해. 체력은 말할 필요도 없고. 말이야. 우리가 고려 선수들을 따라 잡으려면 아직 한참 멀었어."

갑자기 분위기가 싸해졌다.

하지만 케인은 선수들에게 해야 할 말이었다고 생각했다.

그의 가슴에 소망이 담겨져 있었다.

"난 우리 축구가 못해도 조선만큼 강해졌으면 좋겠어. 그래서 한 말이었네. 미안하네."

미안함을 표현하자 굳은 표정을 지었던 선수들이 고개를 가로저었다.

그리고 리버풀의 주장이 케인의 어깨를 두드렸다.

"아닐세. 자네 말이 맞아. 그리고 이제 고려를 쫓아가면 돼."

"그래……."

다시 축배를 들었다.

"리버풀 축구단과 대영제국의 축구가 다시 최강이 될 때까지!"

"오오!"

오늘을 위하여, 내일을 향해서 힘차게 외쳤다.

그리고 시간이 지날수록 케인의 가슴 안에서 알 수 없는 갈증이 일어났다.

신문에 리버풀의 연승에 관해서 기사가 게재됐다.

승리 비법에 관해서 선수들의 인터뷰가 기사에 실렸다.

"월드컵 결승전 경기를 저희들도 영사기 상영을 통해서

봤어요. 고려 선수들이 정말 축구를 잘하더군요. 전원 공격 전원 수비를 벌이는 팀플레이까지 보고 배우려고 했죠. 그리고 무엇보다 그들이 입었었던 선수복과 축구화에 관심을 가졌어요."

"케인이 고려에서 나인기 운동복과 축구화를 가져왔어요. 고려 선수들이 어째서 그렇게 미친 듯이 달렸는지 알겠더라고요. 최근에 영국에서도 개또라이가 팔리기 시작했는데 그것을 먹어보니 수분보충도 빨라서 물 먹고 체할 일도 없었어요. 나인기 운동복은 땀도 빨리 마르고 편해서 정말 운동을 위한 옷이에요. 그리고 디자인도 정말 멋지죠."

"실력이 비슷하다면 결국 승리를 결정짓는 것은 나머지에요. 우리는 나인기에서 후원하는 선수복을 입고 경기에 뛰고 있어요. 그래서 후반전이 되어도 쉽게 지치지 않죠. 개또라이를 마시고 미친 듯이 달릴 수 있어요."

신문에 인터뷰가 실리고 난후에 영국이 발칵 뒤집어졌다.

때마침 영국에도 나인기 매장이 개점했고 나인기는 개점하자마자 인파로 폭발하게 됐다.

부르는 게 값이었고 값을 불러도 쉽게 살 수 없는 것이 나인기 운동복과 축구화였다.

그리고 10여개의 매장이 생기고 나서야, 어느 정도 장사를 할 수 있을 만큼 고객이 분산됐다.

이후에 이상한 이야기가 돌기 시작했다.

"영국에서 잘 나가려면 나인기 정도는 입어줘야지."

"일상에서 입을 때도 정말 편해. 내일 회사에 출근할 때는 나인기를 입고 출근할 거야."

"구두 대신에 나인기 운동화를 신고 회사에 가겠어."

긴 바지와 긴팔 외투로 나인기 운동복이 영국 사람들에게 팔렸다.

나인기를 살 수 있는 것은 곧 사회적 신분을 나타내는 것이었다.

어른부터 아이 할 것 없이 나인기 운동복과 운동화는 선망하는 옷과 신발이 됐다.

케인의 자식인 죠니가 일찍이 나인기 운동화를 신고 학교에 갔다.

죠니가 다니는 학교는 제법 잘 사는 아이들이 다니는 학교였다.

그 학교의 아이들이 어느 날 죠니 앞에 모였다.

"너, 신발 나인기랬지?"

"그래. 그런데 왜?"

"야, 한번만 만져보면 안 될까? 네 신발이 처음에는 나인기인지도 몰랐어. 구경 좀 하자."

"그래. 좋아. 잘 봐."

"우와아~! 멋있다!"

"후후후."

죠니가 신고 다니는 신발이 나인기 운동화라는 것을 알

았다.

그로 인해 아이들이 죠니에게 몰려들었고 운동화를 구경하면서 죠니의 인기가 금세 폭발하게 됐다.

심지어 한 여자아이로부터 좋아한다는 이야기까지 들었다.

그 여자아이의 고백을 죠니는 한마디로 거절했다.

외모는 예뻤지만 운동화 때문에 자신을 좋아한다고 말하는 것을 알고 있었다.

그렇게 여자아이의 고백도 거절해보고 학교 가는 일이 무척 재밌어졌다.

케인은 계속해서 경기에 출전했고 골을 넣으면서 리버풀 축구단의 전설적인 선수가 되어가고 있었다.

그러나 그의 얼굴은 계속해서 어두워졌다.

경기에서 이기고 라커룸에 들어왔을 때 그의 동료들이 물었다.

"케인."

"불렀어?"

"왜 그래? 뭔가 문제라도 있는 거야?"

"……."

"무슨 일인데? 솔직히 이야기해 봐. 자네 골을 넣었을 때 좋아하는 표정을 지었지만 뭔가 억지로 기뻐하는 듯한 모습이었어. 한번 말해 보게."

리버풀 축구단의 주장이 케인에게 물었다.

그리고 케인은 말하기를 주저하다가 주장에게 말했다.

"공허해서 그래."

"공허? 리버풀의 온 인기를 독차지하고 있는 자네가 말인가?"

"그래. 여기서 좋은 성적을 거두는 게 좋지만 월드컵에서 고려와 맞붙었을 때의 긴장감을 느낄 수 없어. 이 대로면 분명히 우리가 우승을 차지할 거야. 하지만 내겐 가장 강한 상대를 놔두고 차지하는 우승이 진정한 우승이야. 더 높은 곳에 올라가서 우승을 차지하고 싶어. 반드시 월드컵이 아니더라도 말이야. 나는 도전해보고 싶어."

함께 듣던 다른 동료 선수가 있었다.

그가 주장을 맡은 선수 대신 말했다.

"자네 말고 고려와 경기를 치렀던 선수들도 그런 반응을 보인다고 들었어. 하지만 자넨 리버풀 선수일세. 그러니 팬들을 위해서 최선을 다해주게. 그것이 자네가 지금 짊어져야 할 사명일세."

"……."

모든 동료가 자신을 쳐다보고 있었다.

마음에 구멍이 뚫려 있었지만 억지로라도 그것을 채워 넣었다.

"자네들과 팬들을 위해서 뛰겠네."

그리고 다시 열의를 만들어내면서 훈련을 받고 경기를 뛰었다.

골을 넣었지만 어딘가 나사 빠진 듯한 모습을 보였다.

그러던 중에 반전이 일어났다.

조선으로 모이다

영국에서 일어나는 수많은 일들이 조선으로 전해졌다.

사람들의 이야기와 잉글랜드와 조선의 결승전 경기 영상이 공개되고 소문이 퍼지면서 조선이 세계 최고의 축구 강국이라는 사실이 알려지기 시작했다.

그 소식을 장성호와 김인석, 김천이 접했다.

몇몇 잉글랜드 선수들에 대한 이야기가 전해졌다.

"조선에서 뛰길 원한단 말인가?"

"예. 총리대신."

"이유는?"

"그야 우리가 월드컵에서 우승했기 때문이지 않습니까.

거기에 세계에서 제일 좋은 경기장이 있고, 열광적인 관중이 있고, 연봉조차 두둑하니 도전 정신을 불러일으키기에는 딱입니다. 뛰고 싶어 할 이유는 충분합니다."

장성호에 이어 김천이 김인석에게 말했다.

"만약 영국 선수가 와서 뛴다면 관중들도 흥미를 보일 겁니다. 비록 우리에게 패했지만 월드컵에서는 준우승을 차지했던 선수들이고 종주국의 선수들이니 말입니다. 그리고 저는 영국 선수들이 조선에 와서 뛰어야 한다고 생각합니다."

"어째서 말인가?"

"조선의 축구 리그를 세계 최고의 리그로 만들기 위함입니다. 그저 우리가 월드컵에서 우승했기 때문이 아닌, 외국 선수들이 한번이라도 뛸 수 있길 원하는 리그로 만들기 위함입니다. 영국 선수가 온다면 그 다음은 프랑스 선수, 스페인 선수, 독일 선수들이 오려 할 겁니다. 그러면 우리가 알고 있는 세계 축구의 축이 동양에서 세워지게 됩니다. 그것이 제가 생각하는 것입니다."

"그렇다면 그들의 소망을 들어줘야 하겠군."

"예. 총리대신."

김천의 계획을 듣고 장성호가 말했다.

"하지만 마구잡이로 영입해선 안 될 겁니다. 그랬다간 괜히 국민적인 악감정만 쌓일 수 있으니 말입니다. 뛸 수조차 없는 선수를 데리고 와서 괜히 출전 명단에도 올리지 썩혀두기만 하면, 우리가 차별하는 것이라고 그 선수의 나

88

라 국민들이 생각하게 될 겁니다. 최소한 벤치에 앉혀서 교체 출전이라도 할 수 있는 선수를 데리고 와야 합니다."

김천이 동의했다.

"즉시 전력으로 쓸 수 있는 선수를 영입해야 합니다. 이것은 또 다른 외교입니다."

김인석이 두 사람에게 모든 것을 맡겼다.

"어차피 축구에 관해서는 자네들이 알아서 할 테니, 해보게. 그러라고 권한과 인맥이 주어져 있는 거니까. 우리 축구단이 구단주를 만나보게."

"예. 총리대신."

조선의 축구 리그를 세계 최고의 리그로 만들고자 했다.

그것을 위해 유럽의 선수들을 영입해서 세계인들을 주목시킬 계획이었다.

월드컵 경기를 토대로 조선의 축구단으로 영입할 수 있는 선수가 있는지 각국의 유명한 축구단에 문의했다.

그리고 나라별로 몇몇 선수들이 조선에서 뛸 수 있다는 대답을 들었다.

케인이 경기를 마치고 허름한 샤워실에서 샤워를 한 뒤 옷을 갈아입고 막 나왔을 때였다.

리버풀 축구단 입구에 서 있는 동양인들이 케인을 보고 천천히 걸어왔다. 그들은 조선인이었다.

"혹시 케인 선수요?"

"예… 그런데요?"

"나는 고려의 한성축구단에서 온 직원이오. 잠깐 이야기를 하고 싶은데 할 수 있겠소?"

고려에서 온 축구단 직원이었다.

그 사실을 알게 된 케인이 움찔하면서 놀랐다. 그리고 주위를 돌아봤다.

막 경기장에서 나온 다른 선수들의 시선이 쏠렸다.

직원이 미소를 지으면서 케인에게 말했다.

"불편하면 다른 곳에서 이야기를 해도 되오. 갑자기 찾아와서 미안하오. 이야기할 수 있는 시간이 있겠소?"

직원의 정중한 물음에 케인이 고개를 끄덕였다.

"물론입니다⋯⋯."

케인은 환호하는 팬을 피해서 조선에서 온 직원들을 따라 나섰다.

경기장 근처에 작은 빌딩이 있었고 그곳에 한성축구단 직원들이 임시 사무실을 마련했다.

그곳에서 케인이 조선에서 온 직원들과 이야기를 나눴다.

직원이 케인에게 조선에 대한 인상을 물었다.

"고려에서 열린 월드컵에 참가했던 것으로 알고 있소. 그래서 묻소만 어땠소? 고려에 대해서 말이오. 좋았던 것과 나빴던 것이 있소?"

직원의 물음에 케인이 차분하게 생각했다.

그리고 질문의 의도를 알 수 없었지만 정직하게 대답했다.

"고려에 대해선 정말 좋게 생각합니다. 문명이 뛰어난

나라로 여기고 있고, 무엇보다 축구를 세계에서 제일 잘하는 나라입니다. 축구선수로서 존경하고 싶습니다."

"경기장에 대해서는?"

"최고입니다. 그런 경기장을 어디 가서도 볼 수 없습니다. 뭐, 오늘 오셔서 알겠지만 리버풀 축구단 경기장보다 고려의 축구경기장이 훨씬 깨끗하고 잘 되어 있습니다. 그런데 제게 이런 것을 묻는 이유가 뭡니까?"

케인이 직원들에게 물었다. 그리고 직원이 차 한 잔을 마시고 피식 웃었다.

케인에게 그를 찾아온 진짜 이유를 알려줬다.

"우리는 당신을 영입하기를 원하오."

"예……?"

"월드컵에서의 활약을 지켜봤소. 그리고 우리 팀에서 뛸 수 있다는 결론을 내렸소. 어떻소? 고려 축구 리그에서 뛰어보겠소? 연봉은 협상해봐야 알겠지만 적어도 잉글랜드 리그보다는 많이 받을 거요."

"……."

"한번 도전해보겠소?"

도전이라는 단어가 케인의 심장을 요동치게 만들었다.

조심스럽게 케인이 대답했다.

"솔직히… 연봉을 떠나서 고려에서 뛰어보고 싶습니다. 그런데……."

"그런데?"

"저는 리버풀 축구단 선수입니다. 축구단을 배신하고 고려에 함부로 갈 수도 없습니다. 제안은 감사하지만 죄송합니다.”

케인의 대답에 한성축구단 직원이 또 한번 미소를 지었다. 그리고 케인에게 말했다.

“그것은 우리가 해결해줄 수 있소.”

“예?”

“우리는 리버풀 축구단에 이적요청서를 쓸 것이오. 그리고 거부할 수 없는 제안을 할 것이오. 당신을 우리에게 넘길 수밖에 없을 정도로 이적료를 지불할 테니까. 그러니 의사만 표현하시오. 고려에서 뛰길 원하오?”

“워…원합니다!”

“그러면 좋소. 이제 우리가 알아서 할 테니, 기다리시오. 고려로 향하기 마지막 전날까지 리버풀 축구단 선수로서 최선을 다해주길 바라오. 우린 그런 선수를 원하니까.”

“예!”

“유익한 시간이었소. 나중에 구단을 통해서 통보될 거요. 그리고 시간을 내어줘서 고맙소.”

악수를 하고 케인을 돌려보냈다.

그의 의사를 확인한 한성축구단 직원들이 직접 움직이기 시작했다.

리버풀 구단을 만나 케인에 대한 이적 요청을 했다.

요청을 받은 리버풀 구단은 처음에 매우 난감한 반응을 보였다.

그러나 케인의 인기를 상쇄시킬 수 있는 이적료 제안을

받고 고민에 빠졌다.

리버풀 감독이 케인을 따로 불렀다.

그리고 독대하며 그에게 한성축구단에서 이적 요청이 들어온 사실을 알렸다.

"자네가 필요하다고 이적료를 무려 3000파운드나 불렀네. 그래서 솔직히 우리로서는 고민이야. 자넬 보내고 그 돈으로 좋은 선수들을 영입하든가. 아니면 자네를 계속 품고 있어야 할지 말이야. 그래서 자네 뜻을 따르고자 하네. 자넨 어쩌고 싶은가?"

"……."

"솔직하게 말해서 불이익 받는 것은 없으니까 말해 보게."

감독이 케인에게 물었다. 대답을 주저하던 케인이 강한 의지를 눈에 새기고서 말했다.

"고려에서 뛰고 싶습니다."

"이유는?"

"고려가 세계에서 축구를 제일 잘하는 나라이기 때문입니다. 그곳에서 고려의 축구를 배우고, 또 최고가 되어서, 영국이 세계에서 축구를 제일 잘한다는 것을 증명하고 싶습니다. 그리고 그곳에서 배운 경험과 지식을 돌아와서 전수하고 싶습니다."

"연봉이 우선은 아니군."

"돈은 부차적입니다."

"그래… 자네 뜻을 알겠네. 그리고 나름의 이유도 들었네. 우리 축구를 위한다는 명분도 있고 말이야. 그래서 자네 뜻을 알았으니, 자넬 고려로 보내주겠네. 대신 꼭, 최고의 선수가 되게! 알겠는가?"

"예! 감독님!"

"나가보게."

"감사합니다!"

리버풀의 감독이 케인을 조선에 보내주기로 했다.

그리고 곧바로 구단주에게 한성축구단의 이적요청을 받아들이는 게 남는 장사라고 말했다.

감독실에서 나온 케인을 선수들이 문 앞에서 기다렸다.

동료 선수들을 본 케인은 울상을 지으면서 자신의 결정에 대해서 미안하게 생각했다.

"정말 미안하네. 고려에 가야겠어."

그리고 선수들이 환하게 웃었다.

"미안해할 필요가 없네. 대신 고려에 가면 리버풀에서하듯이 그물망을 몇 번이나 갈라. 알았지?"

"그래!"

"정말 축하하네!"

원성을 듣기보다 축하한다는 이야기를 먼저 들었다.

그리고 집에 가서 가족에게 조선으로 갈 것이라는 이야기를 했다.

학교에서 최고의 인기를 얻고 있는 죠니가 울상을 지었다.

"정말 고려에 이사 가요?"

"그래."

"그러면 학교는 어떻게 해요?"

"전학을 가야지. 그리고 고려에도 영국인을 위한 학교가 있으니까 거기서 다니면 돼."

"하지만……."

죠니의 눈에서 눈물이 흘러내렸다.

자식의 눈물에 케인이 미안함을 느꼈고 그의 아내인 메릴이 자식인 죠니를 품에 안았다.

머리를 쓰다듬고 등을 두들겨줬다.

"그곳에 가면 또 좋은 친구들을 사귈 수 있어. 그리고 고려 친구들도 사귈 수 있단다."

"정말요?"

"그래. 거기서 많은 친구들을 사귀고 학교생활도 재밌게 하는 거야. 알았지?"

"네! 엄마!"

나인기 운동화를 만든 나라가 조선이었다.

외국에서 고려로 불리는 조선은 죠니에게 호감을 안겨주는 나라일 수밖에 없었다.

처음에 친구들과 헤어질 것을 슬퍼했지만 이내 조선에서 친구들을 사귀는 것을 기대했다.

죠니가 엄마에게 말했다.

"나, 고려말을 배울래요!"

"그래. 그렇게 하렴."

쉽게 배울 수 없는 말이었다. 영국을 떠날 때까지 조선말을 배워봐야 얼마나 배우겠냐고 생각했다.

그런 메릴의 생각과 상관없이 죠니는 정말로 열심히 공부해서 조선에 가서 친구들과 이야기 하는 것을 기대했다.

죠니는 여동생에게도 같이 조선말을 배우자고 말했다.

아이들이 즐거워하자 메릴이 안심하며 케인을 보고 미소 지었다.

케인은 메릴을 안고 키스했다.

"정말 고마워, 메릴."

"아니에요. 당신의 꿈인걸요. 함께 할 수 있어서 영광이에요."

어쩌면 고생길이 열릴 수도 있었다.

케인은 구단에서 마련해준 기자회견장에서 모습을 드러냈다.

잉글랜드를 대표하는 공격수였기에 수많은 기자들이 모일 수밖에 없었다.

그들 앞에서 케인이 중대발표를 전했다.

자신의 생각과 신념이 전해지기를 원했다.

"사실 이 결정을 내리는 데에 있어서 정말 많은 고민을 했습니다. 어쩌면 우리가 최고가 아니라는 것을 인정하는 것이니까요. 하지만 그것을 인정하지 않는다고 해서 현실은 바뀌지 않습니다. 축구에서 고려는 당당히 세계 최고임을 증명했고 저를 포함한 잉글랜드 대표 선수들은 힘 한번 못 쓰고 고려 선수들의 기술, 체력, 근력, 전술에서 완벽하게 졌습니다. 더군다나 열정을 포함해서 말입니다. 아마

스코틀랜드와 웨일즈, 북아일랜드 대표 선수들까지 힘을 합쳐서 대영제국을 대표한다 해도 이기기 힘들 겁니다."

케인은 솔직하고 담담하게 자신의 심정을 전달했다.

"저는 그런 고려의 축구를 정말로 이기고 싶습니다. 우리는 축구종주국입니다. 물론 축구로 다른 나라에게 질 수도 있습니다만 절대로 완벽하게 져서는 안 됩니다. 그러기 위해서 고려의 축구를 알고자 합니다. 이제 한성 축구단에서 절 영입했고 저는 고려로 가서 그들의 축구를 배울 겁니다. 그리고 약속합니다. 반드시 고려를 이기겠습니다. 그동안 성원해주신 축구팬들에게 감사의 인사를 전합니다. 그리고 죄송합니다."

뒤처졌다는 것을 인정하는 것은 새로운 도약을 준비하는 것이었다.

그러한 첫 번째 절차를 케인이 이뤘다.

그의 발표를 지켜보던 기자들이 충격을 받고 어떻게 기사를 낼지 생각했다.

다음 날 여러 신문사에서 잉글랜드 대표 공격수인 케인이 조선에 진출한다는 기사가 신문 전면에 게재됐다.

그중에 '호랑이를 잡기 위해선 호랑이 굴로 들어가야 된다.'라는 조선의 속담을 제목으로 인용한 신문사도 있었다.

조선을 이기기 위해 조선의 것을 배워야 했다.

신문을 본 영국인들이 허탈감과 기대감을 동시에 나타냈다.

무엇보다 케인의 진심이 제대로 전달됐다.

"그래. 기왕 가는 거 잘해야지!"

"월드컵에서 고려가 우승했잖아. 그러니까 고려에서 최고가 되면 세계 최고의 축구 선수가 되는 거야!"

"잉글랜드 선수가 다시 세계최고가 되었으면 좋겠어!"

어떤 사람은 케인을 개인적으로 좋아하는 팬이었고 대다수 많은 사람들은 케인을 통해 영국의 위대함이 나타날 수 있기를 소망했다.

그리고 조선의 콧대를 꺾어주기를 원했다.

그런 바람으로 케인이 조선에서 성공하기를 간절히 바랐다.

한달 뒤 케인이 여객기를 타고 조선으로 향했다.

하늘을 비행하는 동안 그의 두 자녀는 창가에서 떨어질 줄 몰랐다.

아내인 메릴도 시선을 창문에서 떨어트릴 줄 몰랐다.

며칠이나 걸려 조선에 도착했을 땐 그렇게나 빨리 동양에 도착한 줄 몰랐다고 감탄했다.

잉글랜드 대표 선수가 왔다는 사실에 공항에 신문기자들이 몰려서 사진기의 불빛을 수없이 터트렸다.

한성축구단에서 나온 직원들이 케인과 악수했고 심지어 영국 공사도 마중을 나와서 케인을 맞이했다.

공사가 케인에게 당부를 전했다.

"대영제국의 자존심을 세워주길 바라오."

"그럴 수 있도록 최선을 다하겠습니다."

꽃다발을 받고 축하를 받으면서 구단에서 제공해준 차 위에 올라탔다.

원 네개 문양으로 상징되는 아우들을 타고 구단에서 마련해준 집에서 거주하기 시작했다.

이후 상암으로 향해 한성축구단 선수들과 안면을 텄다.

그중에는 결승전을 함께 뛰었던 선수들도 있었다.

어눌한 조선말로 케인이 자신을 소개했다.

"반갑습니다. 케인입니다. 잘 부탁드립니다."

"오오, 환영하네!"

선수들이 케인을 단원으로 받아들였다.

밤에 조촐한 연회를 가진 뒤 다음날부터 본격적으로 훈련을 시작했다.

공을 차는 케인의 기술은 나쁘지 않았다.

"오! 정확한데?"

"그러니까 잉글랜드 대표 선수를 하지."

조선 선수들의 칭찬을 처음에는 알아듣지 못했지만 구단에서 붙여준 통역원을 통해서 알게 됐다.

그리고 조선 축구대표팀에서 이식된 체력 증진 훈련을 받기 시작했다.

그 어떤 곳에서도 경험하지 못한 숨막힘을 느꼈다.

케인이 역기를 들면서 신음을 터트렸다.

"흡!"

왕복달리기를 하고 토한 뒤 오후에 연습 경기를 가졌다가 동료 선수들의 몸싸움에 튕겨 나갔다.

잔디밭에 구르면서 자신의 한계를 케인이 느꼈다.

"허억! 허억!"

쓰러진 케인을 조선 선수들이 내려다보면서 말했다.

"뭐 이리 약해?"

"영길리면 잘 먹고 잘 사는 나라 아냐? 체력 훈련을 대체 어떻게 한 거야?"

"일어나. 너 때문에 재개가 안 되잖아."

체력 부족을 호소하는 케인을 동료 선수들이 봐주지 않았다.

그것도 그럴 것이 선수들은 조금이라도 더 뛰어서 감독의 눈에 들기를 원했다.

그렇게 해서 토요일 경기에 출전할 수 있기를 소망했다.

출전을 자주하는 선수들은 경기에서 이겨서 관중을 환호하게 만들고 싶어 했다.

그것이 자신의 부와 명예에 직접적으로 연관되는 일이었다.

결국 일어나지 못한 케인은 기다시피해서 경기장 밖으로 나왔다.

그리고 휴식하면서 동료 선수들이 뛰는 것을 지켜볼 수밖에 없었다.

자존심에 생채기가 생겼다.

'빌어먹을…….'

욕이 저절로 나왔다. 그러나 욕한다고 해서 해결되는 것도 없었다.

그저 성실히 훈련에 임하는 수밖에 없었다.

다음 날 케인이 구단 축구화를 받아들었다.

그 축구화는 나인기의 새 축구화였다.

잔디에서 새 축구화를 신을 때 훈련장을 방문한 영국 기자가 사진을 찍었다.

그리고 며칠 뒤 런던에서 케인이 신문 전면을 장식했다.

가판대에 꽂힌 신문을 영국인들이 집어 들었다. 신문 제목이 눈에 확 들어왔다.

[전쟁 선포! 케인, 고려 선수들에게 쇠징 축구화로 전쟁을 선포하다!]

[이제부터가 진짜다! 전력을 다하는 마음으로 나인기의 새 축구화를 신다!]

[케인! 첫 출전에 첫 골을 예상!]

"오오! 드디어!"

"케인이 고려 놈들을 박살내겠군!"

"본때를 보여줘! 케인!"

신문을 읽으면서 영국인들이 주먹을 불끈 쥐었다.

크게 흥분하면서 케인이 맹활약하기를 소망했다.

영국에서 발행된 신문은 번역을 통해 전 세계에 뿌려졌다.

그중 한 부가 조선에 도착했다.

신문을 읽고 장성호가 김천에게 물었다.

"케인이라는 선수, 이번에 어떻게 되었나?"

"교체 명단에 이름을 올린 것으로 압니다."

"영국에서 기대를 많이 하는 것 같아. 얼마나 기대하는지 쇠징 축구화를 신었다고 우리 선수들에게 전쟁을 선포했다는 식으로 기사를 썼어. 이렇게 해놓고 교체 명단에 이름을 올렸다가 출전하지 못하게 되면 몹시 실망할 텐데 말이야."

"실망하진 않을 겁니다."

"어째서?"

"기자는 본래 돈이 되도록 기사를 씁니다. 그렇다면 영국인들이 계속 기대감을 가질 수 있는 방향으로 쓰지 않겠습니까? 컨디션을 조절하고 있다거나, 팀에 녹아들 때까지 기다린다는 식으로 쓸 겁니다. 절대 케인이라는 선수가 가진 개인적인 능력에 대해서 문제 제기를 하지 않을 겁니다."

김천의 이야기를 듣고 장성호가 이해했다.

그리고 유럽 축구 리그에 처음에 진출했던 한국 선수들을 떠올리며 그들이 잘하길 원했던 대한민국 국민들의 생각이 그랬을 것이라고 생각했다.

케인 외에도 조선에 진출하는 선수들이 있었다.

그들의 이름을 김천을 통해서 받은 명단으로 확인했다.

세계 각국에서 몰려오고 있었다.

"프랑스, 스페인, 이탈리아… 축구를 좀 한다는 나라의 선수들이 오고 있군."

"전부 국가대표 선수들입니다. 그리고 그들이 오기에 조선이 세계 최고의 리그로 인정받게 되는 겁니다. 중국과 일본, 초나라의 선수도 오려 하고 있습니다."

"오게 된다면 우리 기준에 맞춰야지. 우리가 기준을 세웠으니 말이야. 많은 부분에서 우리가 영향을 발휘하게 될 거야."

조선의 미래를 예언했다. 그리고 그 미래는 외곽이나 변두리가 아닌 중심이었다.

* * *

아버지인 케인을 따라 죠니 역시 조선에 왔다.

죠니는 영국인 아이들이 다니는 황립 외국인 학교에 다니기 시작했다.

그 학교는 이희가 조선에 거주하는 외국인을 위해서 세운 학교였다.

영어에 능통한 조선인 선생이 영국 아이들을 가르치고 있었다.

"고려는 고려에서 어떤 나라이름으로 불릴까요?"

"조선이요!"

"맞아요. 고려는 조선이고 조선은 고려예요. 고려는 노력한 만큼 대가를 가질 수 있고 무엇이든지 될 수 있는 나라예요. 또한 여러분들과 같은 외국인이 안전하게 지낼 수 있는 나라예요. 전통 문화를 지켜도 되고 여러분이 쓰는 말을 쓰고 얼마든지 이야기할 수 있어요. 단, 고려에서 지내는 동안 지켜야 할 것들이 있어요. 절대 여러분의 생각과 행동을 고려인들에게 강요하거나 요구해서는 안 돼요. 어째서죠?"

"고려인은 집주인이고 우리는 손님이기 때문이에요!"

"맞아요. 그리고 여긴 고려이기 때문에 고려 법을 따라야 해요. 그리고 고려인과 이야기 하고 싶으면 영어가 아니라 고려 말을 써야 돼요. 알겠죠?"

"네! 선생님!"

"그래서 오늘은 여러분들에게 고려말을 가르쳐줄게요. 간단한 인사부터 말이죠. 지금부터 집중해서 잘 듣고 배워야 해요. 알았죠?"

"네!"

선생이 아이들을 가르치는 모습을 창문 밖에서 조선 관리들이 지켜봤다.

관리 중 몇 사람은 대신이었다.

학부대신인 주시경과 특무대신인 장성호가 지켜보고 있었다.

주시경이 장성호에게 말했다.

"기본초등 교육도 가르치지만 저렇게 조선말과 문화에 대해서도 가르치고 있습니다. 무엇보다 우리나라에서는 우리법과 우리 방식을 따라야 한다고 가르치고 있습니다."

주시경의 말을 듣고 장성호가 고개를 끄덕였다.

그때 종소리가 울리면서 쉬는 시간이 되었다.

교실에서 밖으로 나온 선생이 주시경과 장성호를 보고 허리를 굽혀서 인사했다.

아이들도 교실 밖으로 나왔다. 그중 한 아이가 장성호를 보면서 인사했다.

"안녕하세요!"

비교적 발음이 정확했다. 장성호가 웃으면서 인사를 받아줬다.

"안녕하세요. 이름이 뭐니?"

"죠니!"

"죠니, 조선말을 할 줄 아니?"

"예!"

"얼마나?"

"조금!"

"그럴 땐, 조금 할 수 있어요. 라고 말하는 거야. 알았지?"

"…….'

죠니라는 아이가 장성호의 말을 알아듣지 못했다.

장성호는 어려운 말을 했다는 생각을 했고, 죠니의 친구가 죠니에게 말을 걸면서 대화가 끊어졌다.

친구에게 죠니는 대단하게 보였다.

"와, 지금 고려 사람에게 말을 건 거야?"

"그래. 봤지?"

"멋있다, 너~!"

"나한테 맡겨. 뭐든지 이야기해줄 테니까. 고려에 오기 전부터 고려말을 공부했어."

의기양양하게 말하는 죠니의 모습에 장성호가 피식 하면서 웃었다.

장성호가 영어를 알아들을 수 있다는 사실을 죠니는 모르고 있었다.

죠니가 친구들과 함께 운동장으로 나갔다.

죠니의 뒷모습을 보면서 장성호가 선생에게 말했다.

"저 아이, 조선말이 꽤 늘겠군요."

"반에서도 제일 잘합니다. 아직은 부족하지만 말입니다. 언어를 빨리 습득하는 데에는 역시 말을 걸고 이야기하는 것을 즐기는 것만큼 좋은 게 없습니다."

선생의 이야기에 장성호가 고개를 끄덕였다.

그러던 중 뛰노는 아이들 중에 피부색이 진한 갈색인 아이들을 보게 됐다.

아이의 외모를 보고 장성호가 말했다.

"저 아이는 서양에서 온 아이는 아니군."

"아라비아에서 온 아이입니다. 조선에 이주해온 아라비아 상인의 자식입니다. 그런데 문제가 있습니다."

"어떤 문제 말입니까?"

"아들은 학교에 등교시켰는데 딸을 보내지 않고 있습니다. 그래서 몇 번을 찾아갔는데 계속 등교시키기를 거부하고 있습니다."

"설마 여자는 교육받아서는 안 된다. 그런 논리로 말입

106

니까?"

"예. 특무대신. 조선에서는 조선 법을 따라야 한다고 말
하지만 신을 능멸하는 짓이라고 계속……."

장성호가 주시경을 쳐다봤다. 그러자 주시경이 말했다.

"의무교육은 외국인에게도 적용됩니다. 가정교사를 통
해서 교육받을 수 있지만 학부에서 인정해준 교사가 되어
야 합니다."

그리고 장성호가 인상을 썼다.

"주객이 전도되고 있군요. 아라비아에서는 모르겠지만
여긴 조선입니다 그러니 조선 법을 따라야 합니다. 위법
행위를 벌였으니 마땅히 체포할 겁니다."

국법은 지엄했고 그 법은 조선을 위한 것이었다.

조선이 좋다거나 어떠한 목적을 위해서 조선에 온 사람
들이 있었다.

그들이라도 반드시 조선 법을 지켜야 했다.

여자라는 이유로 교육을 받아서는 안 된다는 종교가 있
었다.

그 종교를 믿는 사람은 조선이 전승으로 오스만제국으로
부터 할양받고 거기에서 독립된 아라비아 왕국의 국민이
었다.

그는 가문 대대로 믿어왔던 신을 믿고 있었다.

또한 조선에 와서도 계속 그 신을 믿고 있었다.

그의 집으로 제복을 입은 경찰과 함께 장성호와 주시경
도 찾아갔다.

경찰이 터번을 쓴 남자의 손에 수갑을 채웠다.

그러자 남자는 자기나라 말로 주위에 언성을 높이면서 억울함을 호소했다.

역관이 그의 이야기를 통역해줬다.

"자기는 죄가 없다고 합니다. 그러니 풀어달라고 합니다."

그 말을 듣고 장성호가 나섰다. 역관의 통역을 빌려서 남자와 대화했다.

그의 이름부터 물었다.

"난 이 나라의 대신입니다. 이름이 뭡니까?"

대신이라는 말에 몸부림치던 남자가 잠잠해졌다.

신문을 통해 장성호의 얼굴을 알고 있었는지 그를 보고 놀랐다가 자신의 이름을 밝혔다.

"알 메수트 하마드라고 합니다……."

"지금 경찰들이 수갑을 채웠는데 어째서 채웠는지 압니까?"

"모, 모릅니다! 하지만 난 죄가 없습니다! 풀어주십시오! 무고합니다!"

그가 억울함을 당당하게 이야기했다.

그 말을 듣고 장성호가 눈빛을 차갑게 하면서 물었다.

"딸을 어째서 학교에 안 보냈습니까?"

"……?!"

장성호의 말에 하마드의 눈동자가 심히 흔들렸다.

그리고 어째서 자신의 손에 수갑이 채워졌는지를 알았

다.

문이 닫힌 방 안에서 딸이 나오려고 했다.

"아버지?"

"나오지 마! 들어가 있어!"

"아버지 무슨 일이에요?"

"아무 일도 없어! 절대 나오면 안 돼! 다른 사람들에게 네 얼굴을 보이면 안 된다! 아비르!"

자신의 손에 수갑이 채워진 것을 보여주기가 싫어서 하는 말이 아니었다.

그저 여자의 맨 얼굴을 절대 보여서는 안 된다는 생각으로 한 말이었다.

그것을 알고 있는 장성호가 인상을 굳혔다. 그리고 하마드에게 강한 어조로 말했다.

"딸을 학교에 보내시기 바랍니다."

그 말을 듣고 하마드가 자신의 종교 신념을 굽히지 않았다.

"여자는 교육을 받아서는 절대 안 되오. 그리고 얼굴을 보여서도……."

"그건 아라비아에서나 지키십시오. 그러나 여기는 조선입니다."

"……!"

"조선에선 만 6세 이상의 아이들이 반드시 초등교육을 받도록 법으로 정해져 있습니다. 이것은 조선에 거주하는 외국인, 이주민에게도 똑같이 적용됩니다. 이를 강제로 막으면 법으로 반드시 처벌받습니다."

"……."

"어떻게 할 것이냐고 묻지도 않겠습니다. 그저 딸을 학교에 보내십시오. 그렇게 하신다면 경찰이 수갑을 풀어줄 겁니다."

장성호의 이야기에 하마드는 생각하지 않고 즉답했다.

자신이 믿고 있는 자신만의 정의가 있었다.

"절대 딸을 학교에 보낼 수 없습니다. 그것은 우리의 신에 대한 모욕입니다. 우리는 율법을 지켜야 됩니다."

대답을 듣고 장성호가 눈을 감았다.

이윽고 한숨을 쉬면서 경찰들에게 말했다.

"체포하십시오. 행정 절차와 사법 절차를 밟도록 합시다."

"예. 특무대신."

경찰이 압송하려고 하자 하마드가 붙들린 팔을 튕기면서 말했다.

"이럴 순 없습니다! 조선은 종교의 자유가 있는 나라가 아닙니까? 그런데 어째서……!"

그 말을 듣고 장성호가 팔을 들면서 경찰들의 체포를 중지시켰다.

그리고 언성을 높이며 하마드에게 근엄하게 말했다.

"무엇을 믿어도 상관없습니다! 돌을 믿든 하늘을 믿든 강을 믿든, 모든 게 가능합니다! 그런데 법은 지켜야죠! 법보다 종교적인 신념이 우선이라면 애초에 조선에 오지 말았어야죠! 그렇지 않습니까? 아라비아에서 그 신념을 지킨들 누가 뭐라고 합니까? 그런데 조선에 와서 감히 우리 법을 능멸합니까? 그게 순리에 맞는 일입니까?! 당신 방식대로 하자면 우리가 아라비아에 가서 우리 마음대로 해도 되겠군요! 그렇지 않습니까?"

"……!"

"로마에 가면 로마법을, 조선에 오면 조선 법을 따라야 합니다. 법을 지키지 않겠다면 별수 없습니다. 처벌하고 추방시킬 수밖에요. 다시는 조선에 올 수 없을 겁니다."

"…….."

"이것이 마음에 들지 않는다면 처음부터 조선에 오지 않으면 됩니다."

장성호가 하는 말에 하마드는 아무 말을 할 수 없었다.

신이 그렇게 해선 안 된다고 역설하고 싶었지만 그 말이 절대 통하지 않으리라고 생각했다.

정말로 처벌을 받고 아라비아로 추방될 수 있었다.

그는 조선에서 돈을 벌길 소망했다.

"아비르… 방에서 나오거라…….."

하마드의 말에 방 안에서 인기척이 들렸다.

곧 니캅이라 불리는 옷으로 온몸을 가린 여자아이가 방에서 나왔다.

아이는 방에서 나온 후 장성호와 주시경, 경찰들을 보고 몸을 움찔했다.

그리고 수갑을 차고 있는 하마드를 보고 크게 놀랐다.

장성호가 경찰들에게 지시했다.

"수갑을 풀어주십시오."

"예. 특무대신."

그리고 하마드에게 말했다.

"저런 복장으로 학교에 갈 수 없습니다."

"저는 강요라고 생각합니다."

"압니다. 하지만 법과 규칙에는 강제성이 기본적으로 부여되어 있습니다. 그러니 맘에 들지 않으면 조선에서 거주하지 않으면 됩니다."

"……."

"아니면 아이들을 아라비아에 두고 조선에 오시든가 말입니다. 조선에 왔으니 조선의 방식을 따라야 합니다."

장성호의 이야기에 하마드가 눈을 질끈 감았다.

그리고 딸인 아비르에게 니캅을 벗으라고 말했다.

사람들 앞에서 딸의 얼굴과 머리카락을 노출시켰다.

아비르는 자신이 그렇게 해도 되는지 계속 걱정하면서 의심했다.

하마드가 침통함을 느끼면서 장성호에게 말했다.

"여자는 맨 얼굴을 드러내면 남자의 정욕을 자극합니다. 내 딸을 범하는 이가 나타날 겁니다……."

그리고 장성호가 비웃으면서 말했다.

"저 아이를 보고 우리는 그저 예쁘게 자라길, 바르게 자라길 소망할 뿐입니다. 그것이 정상적이고 일반적입니다. 당신이 생각하는 것은 일반적이지 않은 일입니다. 그러니

성급하게 그런 일이 일반적으로 일어나는 일이라 말하지 마십시오. 그런 일을 저지르는 자는 온몸을 가리든 여자가 집 안에만 있든, 강도가 되어서 집에 침입해 범죄를 저지를 자입니다."

"하지만……."

"만약 여자가 온몸을 가리고 집 안에만 있는 것으로 문제가 없어진다면 아라비아 율법에 간음하는 자에 대한 처벌 규정도 없을 겁니다. 칼이 살인에 쓰일 수 있기에 없애자는 논리만큼 어리석은 게 없습니다. 당신의 생각이 옳다면 이미 조선은 모든 여자가 겁간을 당하고 있어야 합니다."

"……."

"조선은 실제로 그런 나라입니까? 그렇지도 않은데 그렇게 생각한다면 우리나라에 대한 능멸로 간주됩니다. 정말로 그렇게 생각하십니까?"

장성호의 말에 하마드는 다시 아무 말도 할 수 없었다. 그리고 한숨을 쉬었다.

한참을 생각하다가 여식에게 말했다.

"아비르."

"예. 아버지……."

"고려에서는… 니캅을 쓰지 않아도 된다. 단, 정숙하게 옷을 입고 행동하거라. 그리고 학교에는… 다녀도 괜찮다……."

"네. 아버지……."

등교해도 괜찮다는 말에 아비르가 잔잔하게 미소를 지었

다. 그리고 장성호가 일어섰다.

"자, 해결됐습니다. 갑시다."

가뿐한 걸음을 하며 하마드가 사는 집에서 나왔다.

주민들이 웅성거리면서 무슨 일인가 했고 장성호는 자신이 특무대신이라는 것을 알리면서 아무 문제없다고 주민들을 진정시켰다.

그리고 주시경과 함께 하마드의 집을 바라봤다.

"정말로 학교에 보내겠습니까?"

"보낼 거라고 봅니다. 그렇게 하지 않으면 정말로 조치를 취해야 되니 말입니다. 누구든 조선에서 거주하고 싶으면 조선의 방식을 따라야 합니다."

주시경과 이야기하면서 조선이 어떤 나라인지 알려야겠다는 생각을 했다.

"뭣 모르고 뭐든지 가능한 나라라고 생각해서 와서는 안 됩니다. 자유로운 나라이지만, 기회평등과 공정함, 법치를 근간으로 삼는 자유임을 세상에 알려야 됩니다. 그것을 깨트리거나 혼란스럽게 만들려는 시도가 있으면 반드시 처벌될 것이고, 그것보다 더 중요하게 여기는 것이 있다면 조선에 오지 않으면 됩니다. 그것을 세상에 알릴 겁니다."

앞으로 더 많은 외국인이 조선에 몰려올 것이라고 생각했다.

그들을 감당하기 위해선 조선이라는 나라의 기준을 바로 세우고 그들에게 절대 휘둘리지 말아야 한다고 판단했다.

입국하는 사람들에게 미리 경고를 하고 국제 혼인이 이

114

뤄질 수 있다는 생각에 그에 관련된 법안도 준비시켰다.

조선인이 남자든 여자든 혼례를 치렀을 때 거주지가 조선일 경우 그 자녀에 대한 교육은 오직 조선어와 조선 단일 문화만 가르치는 법안이었다.

외국의 문화는 가정에서 가르칠 수 있기에 자율성을 부여했다.

조선인에 대한 규정은 조선 황제와 나라에 충성을 다하며, 조선말을 공용어로 쓰고, 조선의 문화를 최우선으로 따르는 것이었다.

때문에 다인종일 수는 있어도 다문화는 절대 용납될 수 없었다.

로마에 가면 로마법을 따르듯이 조선에서는 조선의 법과 조선의 문화를 따라야 했다.

그 안에서 외국의 문화를 배울 수 있었다.

그것이 진정한 자유였다.

*　　*　　*

조선에서 미래를 준비하던 와중이었다.

프랑스와 스위스에서 은밀한 이야기가 오갔다.

조선에서 열린 월드컵과 월드컵을 주관했던 세계축구연맹을 경계하는 자들이 있었다.

그중 한 사람은 프랑스를 중심으로 하는 국제축구연맹을 설립한 사람이었다.

영국인에게 2대 회장을 넘겼던 국제축구연맹 1대 회장이 다시 회장으로 돌아왔다.

'로베르 게랭'이란 이름의 그는 프랑스의 국위를 드높이길 원하는 사람이었다.

그가 임원들을 모아놓고 연맹 회의실에서 이야기했다.

"축구는 고려의 것이 아닌 유럽의 것이오. 때문에 동양에서 세계대회가 열리고 많은 나라들이 참가한다는 것은 있을 수 없는 일이오. 2회 대회마저도 그런 식으로 열리게 되면 국제축구연맹은 설 자리를 완전히 잃게 되오. 따라서 우리도 국제축구대회를 열어야 하오."

이야기를 들은 임원 중 한 사람이 게랭에게 말했다.

"저희도 회장님의 의견에 동감합니다. 하지만 고려에서 열린 월드컵 같은 대회를 열 수가 없습니다. 월드컵의 총 상금은 무려 200만 파운드입니다. 참가만 해도 5만 파운드를 가져가는데 그런 규모의 상금을 걸 수가 없습니다. 상금에서 뒤처지는데 무슨 수로 월드컵을 이길지 걱정입니다."

다른 임원이 동의를 표시했다.

"저도 똑같이 생각합니다. 각국 대표 팀이 참가할 수 있는 확실한 당근이 있어야 한다고 생각합니다. 그렇지 않고선 이미 인지도를 쌓은 월드컵을 이기기 힘들 겁니다."

임원들의 의견을 듣고 게랭이 고개를 끄덕였다. 그리고 의미심장하게 미소 지었다.

임원들의 걱정을 게랭 또한 생각했던 바였다.

"여러분들의 우려를 나 또한 알고 있었소. 하여 미리 프랑스 대통령과 총리를 만나고 왔소. 비록 월드컵이 200만 파운드나 되는 거금을 상금으로 걸고 고려가 여객기 지원까지 했지만, 그 비용을 메우고도 남을 정도의 국익을 챙기는 것을 지켜봤소. 때문에 각하께서도 정부 예산을 투입해 우리 연맹에 힘을 실어주겠다 하셨소."

"오오. 정말 그게 가능하단 말입니까?"

"하여 우리가 국제축구대회를 개최한다면 월드컵 수준으로 상금을 걸 것이오. 그렇게 해서 고려에 향해 있는 축구인들의 이목을 우리에게로 다시 집중시킬 것이오. 또한 동양이 아닌 서양에서 개최하는 것으로 유럽인의 자존심을 살린다는 명목을 세울 것이오. 그렇게 하면 영국 4개 대표팀과 스페인, 이탈리아를 비롯한 유럽 축구 대표 팀들은 반드시 참가할 거요. 이에 대해서 어찌 생각하오?"

"월드컵 수준의 상금과 유럽 개최의 명분이라면……."

"반드시 성공할 것 같습니다! 회장님! 월드컵과 세계축구연맹을 무너뜨릴 수 있을 겁니다!"

의견이 통일되고 게랭이 선포했다.

"고려는 월드컵이라 했으니, 우리는 골드컵이라 명하고 대회를 개최하겠소. 이를 각국 축구협회에 전하시오. 또한 고려와 동양의 각국 축구협회에도 전하시오. 그들로서도 우리의 초대를 거부할 명분이 없소."

"예! 회장님!"

대회 성공을 자신하면서 게랭이 임원들에게 지시했다.

이후 국제축구연맹이 월드컵 수준의 새로운 대회를 개최한다는 소식이 온 세상에 전해졌다.

　그에 관한 소식이 조선에도 전해졌다.

　김천이 장성호를 만나 이야기를 나눴다.

　국제축구연맹이 반격을 준비하고 있었다.

　"아무래도 월드컵이 큰 동기부여가 됐나 봅니다. 국제축구연맹에서 세계 대회를 준비한다고 합니다."

　"월드컵은 우리가 가져갔고, 어떤 이름으로 대회를 준비한다던가?"

　"골드컵이라고 합니다."

　"골드컵?"

　"이상하게 대회 이름이 돌고 있습니다."

　대답하면서 김천이 피식 웃었다.

　그의 대답을 들은 장성호도 웃음을 금할 수 없었다.

　크게 웃고 난 뒤 어이없어 했다.

　"하하, 이렇게 되면 북중미에서는 코파아메리카 대회가 열리는 건가? 정말 기막히군."

　"그러게 말입니다."

　"그래서, 골드컵 대회 상금은 어떻게 된다고 하던가?"

　"200만 파운드에 육박할 것으로 보입니다. 그래서 다른 나라들이 솔깃해하고 있습니다. 프랑스 정부가 직접 지원하는 것 같습니다."

　상금에 관한 이야기를 듣고 장성호가 진지한 표정을 지었다.

그러나 여유마저 잃지는 않았다.

"좋아, 전쟁이군. 하지만 그쪽은 쥐어짜내는 수준일 거야."

"그럴 겁니다."

"우리는 300만 파운드로 상금을 걸지. 거기에 참가국이 원하면 원화로도 상금을 지급할 수 있도록 하고 말이야. 그리고 다음 대회부터는 오직 세계축구연맹에 가입한 나라들만 참가할 수 있도록 규정을 바꾸세."

"무리하는 게 아니겠습니까? 200만 파운드로도 어지간한 전함 한 척을……."

"아니, 무리하는 것이 아니야. 나는 그렇게 해야 된다고 보네. 그리고 우리 월드컵이 골드컵을 상대로 이기면 상금을 계속 동결시켜도 돼. 세계축구대회는 월드컵만이 유일하게 될 테니까. 프랑스가 유럽이라고, 유럽에서 개최해서 자존심을 챙기는 것이라면 우리도 2회 대회를 유럽에서 여는 것으로 막을 수 있어. 영 불안하면 과장님에게 물어보고 결정토록 하세."

"예, 특무대신."

그림을 그리고 그것을 액자에 담을지 물어보려고 했다.

장성호가 교신으로 성한에게 김천과 이야기했던 것에 관해서 물었다.

그리고 이내 대답을 들었다.

─그렇게 하십시오.

"괜찮겠습니까?"

─지금 밀어붙여야 할 때입니다. 때로는 치킨 게임도 필요합니다. 지금을 놓치면 월드컵은 우리 손에서 떠납니다.

"알겠습니다. 그러면 승리한 뒤에 알려드리겠습니다."

─건투를 빕니다.

성한이 동의하자 장성호는 그 사실을 곧바로 김천에게 알렸다.

그리고 외국 축구협회로 세계축구연맹의 공문이 날아들었다.

300만 파운드의 총상금과 2회 대회를 반드시 유럽에서 개최하겠다는 약속이 전해졌다.

거기에 대회참가 자격을 오직 세계축구연맹에만 가입한 축구협회에게 주어진다는 것을 알려줬다.

즉, 국제축구연맹과 동시에 가입할 수 없었다.

그러니 결과는 불을 보듯이 뻔했다.

김천이 환하게 웃으면서 장성호에게 기쁜 소식을 전했다.

무게의 추가 조선으로 크게 기울고 있었다.

"잉글랜드와 스코틀랜드, 웨일즈, 북아일랜드를 비롯해서 스페인과 이탈리아가 세계축구연맹에 가입한다고 합니다!"

"정말인가?"

"예! 특무대신! 동시에 국제축구연맹에서 탈퇴하겠다고 뜻을 밝혔습니다! 우리가 이겼습니다!"

국제축구연맹의 주체인 프랑스축구협회는 아직 가입하지 않았다.

하지만 김천은 그 또한 시간문제라면서 세계축구연맹의 가입을 확신하고 있었다.

외국 축구협회의 이탈이 국제축구연맹에 전해졌다.

그로 인해 게랭과 국제축구연맹 임원들은 침통한 모습으로 회의실에 앉아 있을 수밖에 없었다.

프랑스 정부의 답변을 그가 기다리고 있었다.

"300만 파운드라니……."

"우리는 겨우 200만 파운드를 맞췄는데……."

"유럽에서 월드컵을 개최한다면 유럽의 자존심을 세운다는 명분도 세울 수 없어……."

임원들의 수군거림이 이어졌다.

그때 정부 청사를 다녀온 직원이 회의실 안으로 들어왔다.

게랭이 벌떡 일어서면서 직원에게 물었다.

"어…어찌 되었나?"

간절한 물음에 직원이 울상을 지으면서 대답했다.

"더 지원해줄 수 없다고 합니다……."

"뭐라고……?"

"죄송합니다… 회장님… 그리고 프랑스축구협회가 국제축구연맹을 탈퇴한다고 합니다……."

"맙소사……."

국제축구연맹에 남아 있는 축구협회는 하나도 없었다.

그런 사실에 직면한 게랭이 의자에 털썩 주저앉았다.

한동안 현실을 받아들이지 못해 멍한 모습을 보였다.

게랭의 모습을 보면서 임원들이 더욱 침울해졌다.

허탈함과 실망감이 들면서 조선과 프랑스축구협회에 대한 분노로 바뀌었다.

"이렇게 우릴 방해할 수 있다니! 아니, 어떻게 같은 나라의 국민인 놈들이 이렇게 뒤통수를 칠 수 있단 말인가! 어떻게!"

울분을 토혈하면서 눈이 벌겋게 물들었다.

오열하는 게랭을 두고 임원들도 함께 눈물을 흘렸다.

그렇게 국제축구연맹은 짧은 기록을 남기고 역사의 뒤편으로 사라졌다.

그리고 조선에서 설립된 세계축구연맹만이 유일한 역사를 써내려갔다.

프랑스 축구협회가 가입했다는 소식을 듣고 장성호가 안도의 한숨을 쉬었다.

"후우."

곁에서 보던 김천이 물었다.

"한숨을 다 쉬십니까? 우리가 이길 것이라 생각하지 않으셨습니까?"

"이길 거라고 생각했지. 그래도 총성 없는 전쟁은 전쟁이니까. 우리가 졌다면 그동안 고생했던 것이 물거품이 되지 않았겠나. 어찌되었건 일이 잘 마무리 되어서 다행일세."

"예. 특무대신."

총리부 회의실 탁자 위에 신문이 올라와 있었다.

그 신문은 조선에서 발행되는 문화 신문으로 그 안에는 축구 경기에 관한 소식도 상당히 실려 있었다.

조선에 진출한 한 영국 선수가 천신만고 끝에 데뷔전을 치렀고 몇 번의 교체 출전 끝에 동점 골을 넣었다는 소식이 보였다.

기사를 읽던 장성호가 피식 하면서 웃었다.

"한성축구단에 입단한 잉글랜드 선수가 골을 넣었군."

"예. 특무대신. 이것으로 끝나선 안 됩니다. 몇 골 더 넣어줘야 합니다. 그래야 조선에서도 어느 정도 활약하고 영국의 주목을 이끌 수 있습니다."

조선 홀로 축구를 잘하면 오히려 그것이 재미없을 수 있었다.

본래의 월드컵이 흥분되고 재밌는 이유는 어떤 나라가 우승을 차지할지, 어떤 나라가 갑자기 좋은 성적을 거둘지 알 수 없이 때문이다.

공은 둥글고, 그 때문에 발생하는 예상하지 못한 활약이 즐거운 법이었다.

세상의 많은 축구팬은 자신들의 나라를 대표하는 선수들이 활약하기를 원했다.

그 소망이 조금이라도 이뤄져야 계속해서 관심을 둘 수 있었다.

케인의 골로 조선의 축구 리그가 영국에서 화제가 됐다.

가판대에 신문이 꽂히자 이내 사라지면서 사람들의 손에 들렸다.

신문에 작은 제목이 붙어 있었다.

[한성축구단 감독이 말하다, 케인을 만난 것은 금맥을 발견한 것]

"오오!"

"드디어!"

신문을 읽는 사람들이 케인에 대해서 이야기했다.

"드디어 고려 놈들을 상대로 케인이 골을 넣었어!"

"늦었지만 이제 시작이야! 케인이 고려에서 맹활약할 거야! 득점왕을 차지할 거라고!"

"잉글랜드의 자존심이 세워지는구나! 하하하!"

종주국의 자존심이 세워지는 듯했다.

영국의 국민들, 특히 잉글랜드 지역에 거주하는 사람들이 케인의 득점을 기뻐했다.

*　*　*

득점했던 순간 케인은 주먹을 불끈 쥐면서 포효했다.

그만큼 기다리던 득점이었기에 떨어졌던 자존감이 용솟음쳤다.

그것은 자존심과 또 달랐다.

경기를 마치고 샤워하고 옷을 갈아입을 때 한성축구단의 주장이 케인에게 말했다.

주장의 이름은 '기정웅'이었다.

"이봐, 케인."

"······?"

정웅의 부름에 케인이 돌아봤다.

옆에서 대기하고 있던 통역원이 통역할 준비를 했다.

정웅이 미소 띤 얼굴로 케인에게 말했다.

"그동안 훈련받는다고 고생했을 텐데, 정말 수고했네. 오늘 골을 넣어준 덕분에 패배를 면했어. 모두가 자네에게 감사하다 여기고 있네."

정웅의 이야기를 듣고 케인이 동료 선수들을 봤다.

동료들이 환호하면서 손을 들어보이자 그들을 본 케인의 입가에서 미소가 잔잔하게 피어올랐다.

그리고 주장인 정웅의 제안을 받았다.

"여기 동료들과 자네를 집에 초대하고 싶은데, 가능하겠는가?"

"초대를 한다고?"

"그래. 식사 대접을 하고 싶네. 뭐, 조선에 와서 이런저런 음식들을 먹어봤겠지만 자네와 자네 식구에게 우리 집에서 먹는 음식을 대접해주고 싶네. 내일 점심 때 어떠한가?"

경기를 치른 다음 날은 무조건 쉬는 날이었다.

정웅이 선수들과 함께 케인을 초대하자 케인이 고개를

끄덕이면서 동의를 표시했다.

"그렇게 하지."

"그럼 정오 때에 우리 집에 오는 것으로 알고 있겠네. 여기 쪽지 안에 주소가 있으니 찾아오게. 자넬 위해서 맛있는 음식을 준비해 두겠네."

"그래. 고맙네."

통역원도 함께 초대를 받았다.

케인은 자신이 드디어 진정한 동료로 인정받았다고 생각했다.

다음 날, 차를 타고 식구와 함께 정웅의 집으로 향했다.

정웅의 집은 경강이 잘 보이는 한남이라 불리는 곳에 있었다.

집에 도착한 케인은 상당히 큰 집에 감탄을 금할 수 없었다.

그곳에서 동료 선수들과 가족들을 봤다.

"오, 케인! 왔는가?!"

동료들이 반가워했다. 그 모습을 보고 케인의 부인인 메릴이 미소 지었다.

자신의 남편이 힘든 시간을 이제 다 보냈다고 생각했다.

그리고 조선식대로 허리를 굽히면서 인사했다.

그녀를 본 동료 선수들이 물었다.

"오, 혹시 아내야?"

"그래. 안사람이야."

"오, 조선말 좀 배웠는데? 오호."

통역원이 있었지만 그의 힘을 빌리지 않고 부정확한 발음이더라도 케인이 말했다.

케인의 두 자녀가 허리를 굽히며 인사했다. 죠니가 선수들에게 인사했다.

"안녕하십니까?"

"이야~ 얘는 더 잘하네. 조선말 어디서 배웠니?"

"학교에서요. 그리고 집에서요. 공부했어요."

"이야~"

죠니의 조선말 솜씨에 감탄했다.

선수들이 죠니의 머리를 쓰다듬었고 그 모습을 케인과 메릴이 흐뭇하게 쳐다봤다.

그때 정웅이 집에서 나와 선수들을 맞이했다.

"왔는가?"

"예. 주장."

"그러면 안으로 들어오게."

정웅이 동료와 가족들을 챙겼다. 그리고 특별히 케인을 챙겼다.

"수훈 선수가 왔군! 어서 오게! 하하하~"

동점골을 터트리고 패배를 막은 케인을 모시다시피 챙겼다.

기분 좋은 발걸음을 하며 케인과 그 가족이 집으로 들어갔다.

안에 먼저 와 있는 사람들이 있었다.

그중 한 사람은 피부가 흑색인 사람이었다.

그를 보고 케인이 정웅에게 물었다.

"저 흑인은 누구인가?"

통역을 듣고 정웅이 대답했다.

"아, 얼마 전에 우리 구단에 영입된 선수일세. 미리견 출신인데 가능성을 보고 구단에서 데리고 와서 어린 동무라 내가 보살피고 있네. 이름은 조지라고 하네."

"조지……."

"어려서 그런지 자네보다 조선말을 잘 하네."

정웅이 조지를 케인에게 소개했다.

이제 겨우 20살이 된 것 같은 조지와 케인의 시선이 마주쳤다.

조지는 조선식으로 허리를 굽히면서 인사했고 케인은 얼떨결에 고개를 끄덕이면서 그의 인사를 받아줬다.

케인이 주장인 정웅에게 말했다.

"주장."

"음? 뭔가?"

"저 흑인, 아니, 조선에서는 흑인에 대한 인식이 나쁘지 않은 것인가?"

케인의 물음에 정웅이 피식 하면서 웃었다.

"나쁠 이유가 뭐가 있겠나. 똑같은 사람이고 눈 코 입 다 있고 피부색과 머리카락 색만 다른 것을. 그리고 그것은 자네도 마찬가지이지 않겠나. 그저 우리는 축구를 잘하면 그만일세. 그리고 어린 동무들을 나이 많은 우리들이 당연히 보살펴줘야 하고. 나쁜 짓을 한 것도 아닌데 나쁘게 봐야 할 것도 없네. 혹, 조지가 불편한가?"

"그렇지는 않아."

"그렇다면 아무 문제가 없군. 함께 식사를 들도록 하세."

"그래."

정웅이 한 말 중에 틀린 말이 없었다.

케인은 아직 흑인에 대해서 인식이 좋지 못한 영국과 조선의 차이를 여실히 느끼게 됐다.

조선인들이 훨씬 배포가 컸고 관대함을 가졌다.

그것을 깨달으면서 정웅의 집에서 맛있는 음식들을 먹었다.

생선 구이와 나물 밥, 침채, 수포탕을 비롯해 조선에서 먹을 수 있는 푸짐한 정식을 즐겼다.

그렇게 케인이 한성축구단의 선수로서 인정받았다.

그리고 그가 정웅의 집에 초대받았을 때 그를 뒤쫓는 신문기자들이 있었다.

초대를 받고 기뻐하는 케인과 그의 어깨를 두드리면서 안으로 안내하는 정웅의 모습이 사진에 찍혔다.

그리고 며칠 뒤 영국에서 발행된 신문의 기사 사진으로 쓰였다.

신문을 읽던 영국 사람들이 기뻐했다.

케인이 겪는 일을 자신의 일이라고 생각했다.

"호오, 한성축구단의 주장 집에 초대받았어. 그곳의 선수들과 잘 지내나 봐."

"여기 어깨를 잡은 손 좀 봐."

"어? 이 선수가 조선 최고의 선수 중 하나라는데? 포지션이 미드필더래."

"고려 최고의 선수와 친하다니. 이야……."

영국의 축구가 최고라고 생각했지만, 은연중에 월드컵 결승전에서 이긴 조선 축구를 최고로 여기고 있었다.

조선의 축구 선수와 케인이 친하게 지낸다는 생각에 신문을 읽던 영국인은 형언할 수 없는 뿌듯함을 느꼈다.

그렇게 케인에 대한 소식을 듣는 재미에 푹 빠졌다.

그리고 조선 사람들이 그런 케인을 알아주기를 원했다.

한양에 영국인이 있듯이 런던에도 조선인이 있었다.

길을 지나는 조선인에게 영국 기자가 신문을 가지고 가서 인터뷰를 시도했다.

"Do you know Kane?"

질문의 주체가 바뀌고 있었다.

역사가 바뀌면서 사회 현상이 바뀌고 앞으로 펼쳐지게 되는 일도 바뀌고 있었다.

영국에게 있어서 케인은 선구자였다.

그리고 그 선구자는 조선에서 발자취를 남기는 사람이었다.

영국에서 일어나는 일을 듣고 장성호가 흐뭇하게 미소 지었다.

웃으면서 김천이 이야기했다.

"예전에 우리가 했던 일을 지금의 영국이 벌이고 있습니다. 인정받길 원하는 것은 사람의 본성인가 봅니다."

"앞으로 더 많은 나라가 그러겠지. 그리고 더 많은 부분에서 우리가 앞서나가고 다른 나라들이 뒤쫓는 형국이 될 것이네. 뒤에 있을수록 인정받길 원하게 될 거야."

총리부 회의실 탁자 위에 보고문이 있었다.

보고문을 장성호가 펼쳐서 안의 내용을 살피기 시작했다.

김천이 장성호에게 물었다.

"문화체육관광부에서 올라온 보고문이던데, 혹시 영화에 관련된 것입니까?"

그리고 장성호가 의미심장한 미소를 지으면서 말했다.

"영화가 모두 촬영됐네. 이제 세상을 놀랍게 만들 것이네."

새로운 혁명이 예고되고 있었다. 그리고 세상을 충격에 빠트리려고 했다.

누구도 생각하지 못한 신세계가 펼쳐지려고 했다.

영화로 모든 것을 휩쓸다

　어깨선이 떨어지는 옷이 유행을 탔다.

　돌쇠네가봤나가 영국에 진출했고 프랑스와 이탈리아에
도 진출하면서 사람들의 이목을 단번에 끌었다.

　오버핏이라 불리는 공전에 없던 신조어로 사람들의 심장
을 뛰게 만들었다.

　돌쇠네가봤나 매장에서 한 여인이 오버핏 코트를 입고
밖으로 나왔다.

　여인은 어떤 부호의 부인 같았다. 그녀는 대기하고 있던
아우들 차에 올라탔다.

　그 모습을 보던 프랑스 사람들이 말했다.

"요즘 오버핏이 대유행이야. 어깨 봉합선이 저렇게 내려오는 디자인이라니. 대체 누가 생각한 걸까?"

"보통의 코트와 다를 바 없는데, 어깨선 하나로 뭔가 신선해졌어."

"배라리사의 사장이 입었다는데 정말 대단한 옷인가 봐."

보통 사람은 꿈꿀 수 없는 의복이었다.

최고의 재질과 최고의 가격으로 프랑스 부호의 특별함을 선사했다.

오버핏 디자인의 코트를 입는 것은 '나는 너희들과 다르다'를 상징하는 것이었다.

그런 옷을 입는 사람들을 프랑스 시민들이 부러운 눈길로 쳐다봤다.

"나도 돌쇠네가봤나의 옷을 입을 수 있을 정도로 잘 살았으면 좋겠어.

"고려의 명품이 프랑스에서 제대로 자리를 잡다니. 정말 대단한 것 같아."

파리에 차려진 돌쇠네가봤나 매장을 계속 쳐다보고 있었다.

그러다가 관자놀이에서 땀이 흘러내리면서 뜨겁게 햇살을 내리쬐는 태양을 올려다봤다.

사람들이 시원한 곳을 찾았다.

"더워."

"여름이라고 하지만 더워도 너무 덥잖아."

"시원한 곳으로 가야겠어."

1920년이었다. 그 해의 여름은 너무나도 더웠다.

햇살을 피해서 건물이 만들어내는 그림자 사이로 들어갔고 공기가 시원한 곳을 본능적으로 찾아갔다.

프랑스 화폐를 상징하는 'F' 간판이 문 위에 걸린 건물이 있었다.

안으로 들어간 파리 시민들이 시원함을 느꼈다.

"우와, 시원하다!"

"역시 고려 냉방기야! 더위를 피할 땐 역시 냉방기가 있는 곳이 최고지!"

"은행이 최고야!"

파리의 은행 몇 곳에 직원들을 위해서 금성전자의 냉방기를 구입해 설치했다.

그로 인해 건물 안이 시원해졌고 은행에 업무를 보러 온 사람과 더위를 피한 사람들이 섞여서 북적였다.

은행을 지키는 경비원이 일이 없으면 나가라고 말했지만 사람들은 왔다가 아예 안 올 것도 아닌데 좀 있게 해달라면서 배짱을 부렸다.

결국 누구도 은행에서 피서하는 사람들을 말리지 못했다.

어떤 시민은 차가운 돌바닥에 드러누워서 배를 까고 그만의 바캉스를 즐기기 시작했다.

그 모습을 보고 은행 직원들이 눈살을 찌푸렸다.

'어쩌다 대프랑스 공화국의 시민이 저렇게⋯⋯.'

'망신이야, 이건…….'

영국인이나 독일인이 볼까 두려웠다.

그리고 고개를 절레절레 흔들면서 계속해서 고객을 응대했다.

의자에 앉아서 시원한 바람을 맞으며 쉬고 있는 시민이 주변에 버려진 신문을 들고 기사를 천천히 읽기 시작했다.

안에 프랑스에서 영화 촬영을 벌인 조선인들에 대한 이야기가 있었다.

"헉, 맙소사."

"음? 왜 그래?"

"여기 기사 좀 봐."

"기사에 뭐가 있길래……?"

"얼마 전에 프랑스에서 고려인들이 영화 촬영을 했다고 했잖아."

"그랬지."

"영화 촬영을 하는데 실제로 탱크를 굴렸다고 해. 이놈들 영화 찍는데 무슨 전쟁을 치르는 거지? 무슨 영화를 찍기에 이렇게까지 하는 거지? 이해가 안 되네."

보통 영화라 하면 실내에 세트장을 만들고 찍는 것이었다.

그런데 조선의 영화는 자국에서 찍어도 되는 것을 세상 반대편인 프랑스에서 와서까지 찍었다.

더군다나 조선 군부의 도움을 얻어서 유럽에 주둔하고 있는 기갑 부대의 지원을 받았다.

138

영화 촬영이 끝나고 조선군 장병들과 배우들이 서로 격려하면서 끌어안고 등을 두드렸다.

종덕이 자신이 맡았던 역할의 본인을 만나서 악수했다. 그는 안중근이었다.

"그동안 영화 촬영하던 것을 잘 지켜봤네. 꼭 내가 부대를 지휘하는 것 같은 느낌이더군. 앞으로도 최선을 다해서 최고의 배우가 되게."

"예! 장군!"

닮은 사람이 같은 복장을 하고 악수를 하자 이상한 느낌이었다.

안중근보다 젊은 종덕이 분장으로 나이 들어 보이는 것처럼 하자 더 똑같은 얼굴이어서 구분하기가 쉽지 않았다.

오직 목소리로 서로를 구분할 수 있었다.

그렇게 영화 촬영이 끝나고 배우들이 환호했다.

"끝났다!"

"이야아앗!"

그리고 마지막으로 남은 일이 있었다. 종덕이 감독인 태성에게 물었다.

"이제 뭐가 남았나요?"

태성이 웃으면서 대답했다.

"편집과 음향효과 삽입이 필요하겠죠. 물론 실제 음향도 있지만 좀 더 극적으로 연출하기 위해서 인위적인 음향효과도 필요합니다. 마무리 작업은 그렇게 오래 걸리지 않을 겁니다."

세계 최초의 유성 영화였다.

그렇게 제작될 것이라는 이야기를 듣고 충격을 받았을 때의 여운이 아직 남아 있었다.

소리가 나오는 영화라는 사실은 조선인 배우와 직원들을 빼고 모두에게 비밀이었다.

심지어 함께 일하게 된 프랑스 배우들과 영국 배우들, 미국 배우들, 벤츠 역할을 맡았던 독일 배우까지 모두에게 비밀이었다.

그렇게 촬영이 종료되고 조선으로 돌아왔다.

제주도로 돌아온 태성은 직원들과 함께 영화 제작의 막바지 적업에 속도를 냈다.

필름을 자르고 이어 붙인 뒤 총소리와 포성에 음향효과를 추가해서 실제로 전쟁을 치르는 느낌이 들도록 만들었다.

그리고 모든 작업을 끝마쳤다.

"끝났다! 이제 이걸 자기선에 옮깁시다!"

"예! 감독님!"

마지막에 또 마지막이 있었다.

하지만 그것은 그저 영화를 대량으로 공급하기 위해서 벌이는 마지막 작업이었다.

조선에 '자기선'이라 불리는 자기테이프가 개발됐고 자기선에 태성이 찍은 영화의 모든 것이 담겨서 '자기선 재생기'와 영출기를 통해서 시험 재생까지 모두 마쳤다.

그리고 완성된 영화를 제일 먼저 이희에게 보여줘야 했

다.

협길당에서 이희가 직사각형 형태의 작은 기물을 내려다 봤다.

탁자 위에 놓인 기물을 들고 앞뒤좌우로 이리저리 살폈다.

그리고 이태성에게 물었다.

"이것이 자기선이라는 것인가?"

"예. 폐하. 그리고 조선에서 개발 된 재생기와 영출기를 통해서 영화를 볼 수 있습니다. 폐하께 보여드리기 위해 준비했습니다."

협길당에 태성과 김인석과 유성혁, 장성호 등이 있었다.

박은성이 상영을 위한 기물을 준비했다. 이희가 고개를 끄덕이면서 말했다.

"황립영화관에서 상영토록 하지. 근무자를 제외하고 함께 보도록 하겠다."

"예! 폐하!"

영화는 함께 봐야 제 맛이었다.

혼자서 쓸쓸하게 보는 것보다 서로가 느끼는 감정들이 함께함으로써 더욱 커질 수 있었다.

충무로에 황립 영화관이 지어지고 이희가 첫 손님이자 관람객이 됐다.

영화관 안에 들어온 이희가 상영관의 크기와 의자 등을 보고 마음에 들어 했다.

그리고 장성호와 이태성을 보면서 시선으로 이야기했

다.

'훌륭하군.'

'미래 대한민국의 영화관을 본 땄습니다. 이 시대보다 훨씬 진보적인 영화관입니다. 모쪼록 잘 관람해주시기 바랍니다.'

이상재가 영화관 건설을 책임졌지만 그것을 주도한 것은 어디까지나 천군이었다.

이희가 상영관 맨 앞에 앉으려고 했을 때 장성호가 웃으면서 다른 자리를 추천했다.

"조금 뒷자리가 좋습니다."

"어째서 말인가?"

"뒷자리가 화면이 잘 보입니다."

장성호의 이야기를 듣고 고갤 끄덕이면서 뒤로 갔다.

그리고 황후인 민자영과 함께 상영관에서 조금 뒤쪽 중앙 자리에 앉았다.

그곳에 앉아보니 장성호가 어째서 그런 말을 했는지 알 것 같았다.

영화 상영이 시작되었다. 화면에서 색상이 입혀진 영상이 재생되었다.

그것을 본 이희가 환하게 웃었다.

"정말로 색상이 입혀진 영화로군! 영사기로 상영되는 흑백 영화와는 비교가 안 돼. 안 그렇소, 황후?"

"예. 폐하. 신첩도 참으로 놀랍습니다."

"이런 영화를 조선에서 제일 먼저 상영하다니, 하하하."

웃음이 절로 나왔다. 상영 도중에 이상재가 준 옥수수튀김 과자를 먹으면서 몹시 흥분되고 즐겁게 영화를 관람했다.

도중에 상영관이 몇 번이나 들썩였다.

사람이 뛸 때 화면이 흔들렸고 총성과 포성이 옆에서 들리는 것 같은 착각을 받았다.

며칠 뒤 '위대한 작전'이라는 영화가 정식으로 개봉됐다.

그것에 관한 소식이 신문을 비롯한 언론 매체를 통해서 알려졌다.

백성들이 황실에서 건설한 황립영화관에서 영화 관람을 했다.

태성의 영화를 본 백성들은 한결같은 반응을 보였다.

그것은 혁명이었다.

"미쳤다니까!"

"직접 가서 봐! 내가 살면서 그런 것을 본 것은 또 처음이었어!"

"실제로 전쟁터에 있는 느낌이었어!"

조선이 발칵 뒤집어졌다. 그러나 그것은 시작에 불과했다.

* * *

한달 뒤 성한에게로 영화 상영에 관한 연락이 이뤄졌다.

―대박입니다! 통신장이 연출한 영화가 대박 났습니다!

지금 조선에서는 표를 못 구해서 난리입니다!

"정말로 걸작을 만든 모양이군요."

―예! 과장님! 100년이 지나서 봐도 부족하지 않을 영화입니다! 혹시 삼형제 중 유일하게 살아남은 일병을 구하는 영화를 아십니까?

"압니다."

―그 정도 수준으로 만들었습니다! 역시 좋아하는 일을 업으로 삼아야 잘 되나 봅니다. 하하하!

장성호와 성한이 있었던 시대보다 훨씬 오래 전에 있었던 전쟁영화가 있었다.

그 영화는 그 전에 제작되는 전쟁 영화의 기준을 바꾼 영화였다.

특히 음향과 촬영 방식에 있어서 수많은 사람들에게 충격을 안겨주었다.

실제로 전쟁터에 와 있는 것처럼 착각이 들 수 있게 만드는 영화였다.

그 정도 수준이라는 말에 성한이 기대감을 나타냈다.

장성호가 성한에게 물었다.

―미국에서도 영화사를 설립하지 않았습니까?

"맞습니다. 태백이라는 영화사를 설립했습니다. 조만간 첫 영화가 개봉할 겁니다."

―감독은 누굽니까?

"플레밍입니다. 곧 시나리오를 받을 겁니다."

―플레밍……

144

"어떤 내용이 될지 모르지만 명작 영화를 만들었던 사람인만큼 훌륭한 시나리오를 가지고 올 겁니다. 감독이 감독인 만큼 영화 또한 잘 만들어질 겁니다."

미국에서 준비되는 영화에 관한 이야기를 듣고 장성호가 기대감을 나타냈다.

무엇보다 기술적으로 어떤 영화인지 궁금했다.

─컬러 영상으로 상영되는 영화입니까?

"아직은 아닙니다. 하지만 차기작은 그렇게 생각하고 있습니다. 그리고 차기작까지 개봉하고 나면 통신장님이 만든 전쟁 영화를 수입해서 개봉해볼까 합니다. 그래야 앞서 개봉된 두 영화가 일으킨 바람을 제대로 탈 수 있을 테니 말입니다. 그때까지 기간이 좀 있는데 그동안 신작을 준비해주셨으면 합니다. 위대한 작전이 크게 흥행하면 이어진 신작들도 더 크게 흥행할 겁니다. 그러면 조선의 영화 산업과 문화가 세계의 중심으로 우뚝 설 겁니다.

성한의 이야기를 듣고 미국인들의 반응을 기대했다.

─개봉되면 정말 난리가 나겠습니다.

"반드시 그럴 겁니다."

─영화관은 건설 중입니까?

"아직은 건설 중입니다. 하지만 곧 완공 될 겁니다. 미국 도시마다 건설되고 있고 아마도 조선의 황립영화관과 비슷한 수준이 될 겁니다. 영화 바람이 불면 쇼핑몰을 붙인 멀티플렉스 영화관으로 발전시킬 겁니다. 조선에서도 이를 미리 준비해주시기 바랍니다."

—알겠습니다.

"이제 조선의 영화가 헐리우드를 무너뜨릴 겁니다."

—저도 기대합니다.

미국을 상징하는 문화의 축을 조선으로 돌려놓으려 했다.

그것을 통해 조선에 새로운 힘을 더하려고 했다.

성한이 이희의 주식과 자본으로 미국에서 영화사를 설립했다.

영화사의 사명은 '태백'으로 회사를 세상에 널리 알리기 위해 천지를 품은 태백산의 절경을 문양으로 삼았다.

태백산의 다른 이름은 백두산이었다.

영화사를 설립하고 감독을 맡기로 했던 플레밍을 만났다.

그가 어떤 작품을 준비했는지 성한에게 보여줬다.

성한이 대본집을 펼쳐서 안의 내용을 확인했다.

"이 이야기는……."

"존스씨의 부인을 모티브로 삼았습니다. 걸리면 반드시 죽게 되는 감기가 번지면서 그것에 맞서 싸우는 의사에 관한 이야기입니다."

지연이 명예훈장을 받으면서 그가 성한의 부인이라는 것을 알고 의사의 위대함을 알게 된 플레밍이 영화로 만들어야겠다고 생각한 내용이었다.

미리 준비하던 것보다 먼저 만들어 보기로 한 영화였다.

이제는 진정된 스페인 독감이 전 세계적인 재앙이 됐을

때를 상상하면서 만들어진 이야기였다.

그리고 대사가 거의 없는 행동사항들을 써 놓은 대본이었다.

대본을 훑은 성한이 플레밍에게 말했다.

"좋습니다. 한번 만들어보세요. 쓰고 싶은 인력, 배우 섭외를 위해서 얼마든지 돈은 대어드리겠습니다. 다만 꼭 흥행하기 바랍니다."

"감사합니다. 꼭 흥행시키겠습니다."

"그리고 끝나면 제가 작품 하나를 권하겠습니다."

"알겠습니다."

첫 작품을 플레밍이 원하는 작품으로 영화를 만들기로 했다.

그리고 두 번째 작품은 성한이 원하는 작품으로 만들기로 했다.

그 작품이 무엇인지 플레밍은 알 수 없었다.

성한의 두둑한 재정 지원을 근간으로 플레밍은 우수한 인력들을 금방 섭외했고 대본에 관심을 보인 연기력이 뛰어난 배우들을 섭외했다.

그리고 금방 영화를 촬영했다.

처음부터 대본이 완벽해서 편집 시간도 그리 오래 걸리지 않았다.

몇 달 만에 모든 촬영을 마치고 미국 전역의 영화관에서 상영되기 시작했다.

제목은 '더 인플루엔자'였다.

목소리 대신 배경음 연출과 흑백 화면이 영화관을 채우던 시기였다.

영사기에 필름 꽂아 그대로 돌려서 하얀 천에 상을 맺게 해서 영상을 보여주는 방식이었다.

그것으로도 사람들은 영화를 볼 수 있다는 사실에 매우 만족했다.

흑백 영상 안에서 치명적인 독감을 막기 위해 고군분투하는 의사의 이야기가 그려졌다.

독감으로 인해 나라 전체가 마비되어서 무너지고 그 안에서 주인공인 의사가 특효약을 개발하기 위해 병에 걸리는 것을 감수하고 감염자들을 조사하고 끝내 신약을 개발하는 것으로 이야기를 마무리 지었다.

결국 사람은 질병에 맞서서 싸워 이긴다는 내용이었다.

주인공의 딸이 독감에 걸려서 죽었을 땐 관객석 안에서 눈물샘이 터지기도 했다.

영화를 보고 나온 관객이 영화에 대한 감상을 서로 공유했다.

"정말 재밌었어."

"인플루엔자가 치료되지 않았다면 정말로 영화처럼 되었을지도 몰라."

"의사들이 대단한 것 같아. 죽을 수도 있다는 걸 알면서도 환자를 계속 치료하려고 했으니까."

"명예훈장을 수여받았던 존스 박사도 그런 마음이었을 거야."

의사에 대한 이야기였기에 지연에 대한 이야기가 나오지 않을 수 없었다.

사람들은 의사의 위대함을 알고 그들의 사명감을 대단하게 생각했다.

그리고 주인공 외에 병에 걸려서 숨져갔던 영화 속의 의사들을 안타까워했다.

영화는 이내 사람들의 입소문을 탔고 현실감 넘치는 영화로 알려졌다.

그리고 결국 흥행에 성공했다.

손익분기를 넘은 순간 인플루엔자를 제작한 스태프와 출연진들이 모여서 파티를 벌였다.

플레밍은 흥행 연출가가 됐다.

출연한 배우들이 그의 차기작을 기원했다.

"플레밍의 두 번째 영화를 위하여!"

"위하여!"

건배하며 축원했고 다음에도 함께 일할 수 있기를 소망했다.

플레밍은 작품을 준비한 후에 이야기하자고 했다.

설령 차기작에서 함께 일할 수 없더라도 세 번째 작품에서 함께 일하자고 스태프와 배우들에게 약속했다.

그렇게 기쁨으로 채워진 밤을 보냈다.

* * *

다음 날 플레밍은 뉴욕으로 향해서 성한이 부탁하는 영화가 무엇인지 들어보기로 했다.

약속을 지키기 위해 성한이 예약한 고급 식당에서 만나 악수했다.

식사를 하면서 이야기가 진행됐다.

성한이 먼저 준비하고 있던 작품에 대해서 물었다.

"본래 더 인플루엔자 말고 다른 작품을 준비 중이었던 것으로 압니다."

"그랬죠."

"어떤 작품입니까? 궁금해서 물어보는 겁니다."

식사하면서 성한이 플레밍에게 물었다.

플레밍은 자신이 본래 구상했던 작품에 대해서 이야기했다.

그 작품은 성한이 예상했던 작품이었다.

"오즈의 마법사입니다."

"오즈의 마법사?"

"토네이도에 휩쓸린 여자아이가 이상한 세계에 떨어져서 모험을 벌이는 내용의 이야기입니다. 원작 소설이 있습니다. 혹시 알고 계십니까?"

플레밍의 물음에 성한이 미소를 지었다.

"라이먼 프랭크 바움의 소설이죠. 알고 있습니다. 어째서 그 소설로 영화를 제작하려고 합니까?"

"용기를 소망하는 사자와 지혜를 소망하는 허수아비, 따뜻한 마음을 원하는 양철나무꾼이라는 캐릭터가 무척 마음에 들었습니다. 그들을 친구로 두는 도로시의 다정함도 영화로 표현하고 싶습니다. 사람들에게 오즈의 마법사가 가진 이야기의 감동을 전하고 싶습니다."

플레밍의 이야기를 듣고 성한이 고개를 끄덕였다.

그리고 가방 안에 있던 문서를 꺼내서 플레밍에게 건넸다.

그 안에 오즈의 마법사 대본이 담겨 있었다.

대본을 보고 플레밍이 크게 놀랐다.

"이…이것은……?"

성한이 의미심장한 미소를 지었다.

"신기하군요. 플레밍씨와 제가 생각한 것이 같으니 말입니다. 제가 플레밍씨에게 만들어달라고 할 영화가 오즈의 마법사였는데 그것을 플레밍씨가 말씀하시니 놀랐습니다. 제가 제작해 달라고 요청하는 영화가 오즈의 마법사입니다."

"맙소사……!"

플레밍이 놀라면서 대본을 빠르게 훑었다.

그리고 그 대본을 누가 만들었는지 물으려고 성한을 쳐다봤다.

성한이 그의 눈빛을 알고 말했다.

"누가 대본을 썼는지는 알려드릴 수 없습니다. 그저 돈만 필요하다고 해서 돈을 주고 대본을 샀습니다. 제가 볼 때 꽤나 잘 만들어진 대본 같은데 보시기에 어떤 것 같습니까?"

"정말 잘 만들어졌습니다. 편집이 필요 없을 정도로 말입니다."

"대본을 드리는 김에 몇 가지 말씀 드리자면 원작이 몇 권이나 이어지지만 첫 권으로 영화를 끝냅시다. 본래 작가도 첫 권으로 마무리 지으려고 했는데 독자들의 요구로 후속작을 쓰면서, 이 설정, 저 설정을 갖다 붙이다가 여러모로 많이 변색된 작품입니다. 제대로 해서 첫 권을 영화로 만들어 봅시다. 그리고 이번에 영화를 만들면서 이런 연출을 써보는 게 어떨까 합니다."

"어떤 연출을 말입니까?"

"그것은……."

성한이 얼굴을 붙여서 플레밍만이 이야기를 알아들을 수 있도록 작은 목소리로 말했다.

그러자 그것을 들은 플레밍은 고개를 끄덕이다가 화들짝 놀랐다.

"그런 연출이 가능합니까?!"

플레밍이 얼떨결에 목소리를 높였다.

문이 닫혀 있는 룸 너머로 플레밍의 목소리가 울려 퍼졌고 성한은 검지로 입 앞을 가리면서 흥분하게 된 그를 진정시켰다.

그리고 플레밍에게 말했다.

"가능합니다."

"어…어떻게 말입니까?"

"고려에서 도와줄 겁니다. 고려에서는 이미 이것을 영화 촬영과 상영에 쓰고 있습니다. 그 기술이 플레밍씨를 위해서 쓰일 겁니다. 미국 최로 관객들을 놀라게 만들 겁니다."

성한의 이야기에 플레밍이 마른 침을 삼켰다.

그리고 떨리는 목소리로 성한에게 대답했다.

"연출하겠습니다… 오즈의 마법사를 만들겠습니다."

대답을 듣고 성한이 미소 지었다.

"도로시 역할을 맡게 될 어린 배우를 인격적으로 잘 대해주시기 바랍니다. 다른 감독들은 배우가 어릴 때 함부로 다루고 무시하지만, 적어도 플레밍씨 만큼은 스스로 명예를 떨어트리는 일을 벌이지 않길 바랍니다. 도로시 역을 맡는 배우를 잘 키워서 20년이 지나도 존경 받을 수 있기를 소망합니다."

"새겨듣겠습니다……."

주인공은 도로시라는 이름을 가진 어린 캐릭터였다.

도로시 배역에 걸맞은 소녀 배우를 찾아야 하는 가운데, 그녀를 배려해야 한다는 성한의 이야기를 플레밍은 목숨과 같이 지키려고 했다.

본래 플레밍은 아동 학대라는 큰 잘못을 벌이게 되는 연출가였다.

그런 미래를 성한이 지우고자 했다.

오히려 플레밍을 통해서 어린 배우를 무시하는 미국 영화계의 풍조를 바꾸려고 했다.

오즈의 마법사 촬영이 시작되면서 '메리'라는 이름을 가진 소녀 배우가 도로시 역할을 맡았다.

그녀는 우수한 연기력으로 플레밍이 직접 시험을 보고 선택한 배우였다.

그러나 다른 배우가 그녀를 무시했다.

"어떻게 저런 어린애에게 주인공을 맡길 수 있지?"

"여태 플레밍 감독이 존경스러웠는데 이번만큼은 아니야. 어떻게 배역을 저렇게 맡길 수 있어? 나는 인정 못해."

"차라리 저 배역을 내가 맡았어야 해."

도로시 역을 성인 여배우들이 탐냈다.

그녀들이 벌이는 뒷담화에 소녀 배우는 힘들어할 수밖에 없었다.

한번은 단역을 맡은 여배우가 의자에 앉아서 쉬고 있는 메리의 치마에 일부러 주스를 쏟아 부었다.

놀란 메리가 자리에서 벌떡 일어났고 여배우는 웃으면서 미안하다는 말을 했다.

촬영장에 있던 모든 배우가 비웃었다.

"어머, 치마가 더러워졌네. 계속해서 촬영할 수 있겠어?"

"차라리 배우가 싹 갈려 나갔으면 좋겠네."

"앉아서 쉬지 마. 거기 있으니까 그런 꼴을 당하지."

"후훗."

그 모습을 보고 메리가 울면서 촬영장 밖으로 나갔다.

여배우들은 어린 배우가 나갔다고 즐거워했다.

그녀들을 보면서 플레밍이 눈살을 찌푸렸다.

주스를 엎지른 배우에게 가서 단호히 말했다.

"주연 배우의 치마를 엉망으로 만들고 즐거운가 보지?"

"네······?"

"촬영장에서 큰 잘못을 저지르고 반성하기는커녕 시시덕거리기나 하다니. 배우로서의 사명감 따윈 쓰레기통에 박아둔 모양이군. 자네들을 해고할 테니 내일부터 촬영장에 오지 말게."

"가···감독님······?!"

"감독이라 부르지 말게. 이제부터 자네들과 나는 아무 사이도 아니니까. 앞으로 플레밍씨라고 불러."

"······!"

"뭐하나! 어서 나가지 않고!"

"죄, 죄송합니다! 감독님! 부디 용서를!"

"늦었어!"

어린 주연 배우를 괴롭히다가 걸린 여배우들이 플레밍에게 용서해 달라고 애원했다.

그러나 플레밍은 고개를 가로저으면서 그녀들이 벌인 잘못의 책임을 반드시 지게 만들었다.

결국 여배우들은 더 이상 촬영장에 올 수 없었고 메리를 달래기 위해서 플레밍이 촬영장 밖으로 나갔다.

촬영소 건물 밖 큰길가 골목에서 메리고 쪼그리고 앉아서 울고 있었다.

플레밍이 와서 메리의 머리를 쓰다듬었다.

울고 있던 소녀 배우가 고개를 들었다.

"감독님……?"

"시기심만 많은 늙은 고양이들을 쫓아냈어. 그러니 이제 촬영장으로 가서 영화 촬영을 하자."

"…….."

"어서."

주저앉은 소녀 배우는 절대 쉽게 일어날 수 없었다.

그녀를 플레밍이 일으켜 세우려고 했다.

메리는 자신의 심정을 플레밍에게 토로했다.

그녀는 자신의 부족함을 알고 있었다.

"감독님… 저 자신이 없어요… 저 말고 다른 배우를 쓰시면 안 될까요……?"

"어째서 그렇게 생각해?"

"그야… 전… 어리잖아요. 다른 배우들은 처음부터 극단에서 실력을 쌓았는데 저는 그런 것도 아니고… 저보다 뛰어난 배우가 많을 거예요. 그러니까……."

메리의 하소연을 플레밍이 끊었다.

"네가 실력이 없는 것은 맞아."

"그러니까……."

"하지만 도로시 역할에 한해서는 네가 세계 제일이야. 왜냐하면 내가 뽑았으니까. 내가 시험을 쳐서 그 수많은 소녀 배우들 중에 널 택했으니까. 네가 다른 배역을 맡는다? 절대 안 뽑을 거야. 그렇지만 도로시이기에 널 뽑은 거야. 책임은 내가 져. 그러니까 넌 연기를 해. 실력이 부족하다고 느끼면 키워. 그러면 앞으로 다른 배역을 맡을 수 있을 거야. 하지만 도로시를 연기하는 한 지금의 너는 결코 부족하지가 않아."

"……."

"그래도 네가 모자라다고 생각해?"

"……."

플레밍의 격려에 메리의 눈물이 잦아들었다.

그녀의 손에 플레밍의 손수건이 들렸고 메리는 눈가에 맺힌 눈물을 훔치면서 격해졌던 감정을 진정시켰다.

그리고 자리에서 일어났다.

눈빛이 조금 달라져 있었다.

"이제야 할 마음이 생긴 모양이군."

"솔직히 도망가고 싶어요……."

"피하는 순간 더 후회하게 될 거야. 그러니까 절대 피하지 마. 다른 배우들의 비웃음도 참고 견뎌. 영화가 상영되면 넌 최고의 배우가 될 테니까. 네가 주연을 맡은 영화는 인류 최고의 영화가 될 거야."

플레밍의 격려에 메리가 미소 지었다.

그녀의 손을 잡고 플레밍이 촬영장으로 들어갔다.

그리고 주스로 물든 옷을 새 옷으로 바꾸고 계속해서 촬영을 벌여나갔다.

조선에서 보낸 카메라로 영상을 찍었고 공중에는 마이크를 띄워서 배우들이 말하는 것을 빠짐없이 녹음했다.

그리고 몇 달 후, 뉴욕에서 시사회가 이뤄졌다.

기자들이 객석을 가득 채웠고 플레밍의 초청으로 뉴욕 시장과 일부 정치가들도 자리를 함께 했다.

그리고 객석 첫 열에 메리와 플레밍을 비롯한 영화 스태프와 출연진들이 앉았다.

영화가 시작되자 음성이 울려 퍼지면서 사람들이 크게 놀랐다.

배우들의 목소리가 들리고 있었다.

"맙소사……!"

"목소리가 들려!"

"이게 어떻게 된 일이야?!"

관객들이 크게 술렁였다.

그림을 보여주면서 녹음된 음성을 들려주는 기술은 이미 세상에 공개되었지만 영화관에서 실제로 사람 목소리가 울려 퍼지는 것은 처음이었다.

연극처럼 배우가 행동을 과장하면서 온 힘을 다해 뱃심으로 목청을 높일 필요가 없었다.

때문에 배우들의 연기는 매우 자연스러웠다.

도로시 역을 맡은 메리의 연기가 연기의 신으로 느껴지는 수준이었다.

그녀의 목소리가 관람객들에게 또렷하게 들리고 있었다.

영화 속에서 도로시가 회오리바람에 휘말리면서 새로운 세계에서 눈을 뜨고 침대에서 일어났다.

방문을 열고 나가자 새 세상이 펼쳐졌다.

"헉?!"

"뭐야, 지금?!"

"흑백 영상에 색상이 입혀졌어!"

"어떻게 이런 일이!"

세계 최초로 컬러 영상이 공개되었다.

그 비밀을 지키기 위해서 영화 출연진과 스태프는 함구하는 것을 목숨과 같이 여겼고 결국 사람들을 충격 속에 빠트렸다.

도로시가 문을 열고 나가자 채색으로 채워진 세상이 화면 전체를 가득 채웠다.

그 화면을 보고 사람들은 말을 잇지 못했다.

마치 심장이 놀라서 멈춘 것처럼, 망치로 머리를 얻어맞은 것처럼 멍한 모습을 보였다.

그리고 도로시가 다른 인물들을 만나고 나서야 자신들이 무엇을 보고 있는지 정신을 차리고 실감하게 됐다.

시사회 관람을 하게 된 노신사가 손으로 눈가를 훔쳤다.

"살아서 이런 걸 보게 되다니……."

이야기가 주는 감동이 아닌, 영상이 주는 감동이 있었다.

그 감동은 사람이 절대 막을 수 없는 해일 같은 감동이었다.

둑이 터지면서 주체할 수 없는 감정이 몰려들었다.

영화를 시험하려던 사람들의 입엔 굳은 감정이 아닌 해맑게 웃는 미소가 가득 배어들었다.

그리고 도로시가 흑백의 세계로 돌아왔다.

집에 돌아오면서 영화는 진한 여운과 함께 끝을 맺었다.

객석의 사람들이 일제히 일어났다.

"브라보!"

"최고야!"

"정말 대단한 영화였소!"

"플레밍! 플레밍! 플레밍!"

영화가 끝나고 비로소 크게 웃을 수 있었다.

플레밍이 메리의 손을 잡고 무대 위로 올라갔다.

그리고 다른 배우들도 함께 손을 잡고 무대 위로 올라가서 기립박수를 전하는 손님들에게 허리를 굽히며 감사의 인사를 전했다.

다음 날 미국 전역이 발칵 뒤집혔다.

가판대에 걸린 신문이 온통 영화에 대한 이야기로 채워졌다.

드디어 전쟁과 정치 경제가 아닌 문화 주제로 신문 전면을 장식하기 시작했다.

[충격! 플레밍 감독의 오즈의 마법사!]

[전율의 영상으로 세상에 선전포고하다!]

[금세기 최고의 걸작!]

[이 영화에 관련된 모든 것은 역사에 남겨지리라!]

칭송을 위한 모든 수식어가 총동원됐다.

그런 수식어가 달린 영화에 사람들은 당연히 관심을 가

질 수밖에 없었다.

신문을 읽으면서 뉴욕 시민들이 서로 이야기했다.

"오즈의 마법사가 대체 뭐야?"

"여자애가 토네이도에 휩쓸려서 이상한 세계에 떨어지는 내용이야. 더 인플루엔자로 흥행에 성공한 플레밍이라는 감독이 제작했다고 하는데 원작 소설이 있어."

"대체 무슨 영화이기에 신문에서 이런 호들갑을 떠는지… 또 저 사람들은 대체 뭐야?"

신문을 읽던 사람들이 가까이에 있는 영화관 입구를 쳐다보았다.

입구 앞에는 엄청난 인파의 사람들이 모여서 서로를 밀치고 아우성 치고 있었다.

표가 빠르게 매진되고 있었다.

"비켜!"

"밀지 마시오! 그리고 줄을 서시오!"

"원래 내 쪽이 줄이었어! 엉뚱한 곳에 줄 서지 말고 뒤로 가!"

사람들이 섞이면서 자신의 줄이 맞는 줄이라고 주장하는 사람들이 있었다.

한쪽에서는 주먹질을 하면서 새치기를 했다고 서로를 탓하고 있었다.

결국 경찰들이 와서 호루라기를 불었다.

그런 사람들의 모습을 오즈의 마법사에 대해서 잘 모르는 사람들은 어리둥절할 수밖에 없었다.

그러다가 신문에 쓰여 있는 영화의 짧은 정보를 알게 됐다.

"컬러 영상? 영화가 컬러 영상이라는데? 그게 가능한 일인가? 거짓말을 해도 적당히 해야지. 나 원."

영상에 색이 입혀졌다는 사실이 믿어지지 않았다.

신문을 읽은 일부 시민들은 구독을 늘리기 위해서 기자들이 거짓말로 자극적인 기사를 썼다고 생각했다.

그것도 그럴 것이 어느 누구도 컬러 영상을 세상에 선보인 적이 없었다.

그런 것이 개발되었다는 소식이 없었기에 불가능하다고 생각했다.

그런 확신에도 호기심을 견딜 수 없었다.

"정말 컬러 영화인가?"

"목소리도 나온다는데 진짜인지 계속 의심이 드네."

"에이! 저렇게 사람들이 모이는데 설마 거짓말이겠어? 거짓말이었다면 벌써 욕하고 난리였을 거야!"

한 시민의 마음이 전 미국인의 마음이었다.

"왠지 봐야 할 것 같아. 안 그러면 정말로 후회할 것 같아. 죽을 때까지 말이야. 지금 당장 표를 구해야 되겠어."

빨리 영화 관람표를 구해야겠다는 생각이 들었다.

그러나 당장 사고 싶다고 살 수 있는 관람표가 아니었다.

표 판매량은 일주일 간격으로 매주 정해져 있었고 표를 구하지 못한 사람들은 매주 월요일 아침에 영화관으로 가야 한시간 정도의 구매 기회를 노릴 수 있었다.

한시간이 지나면 표가 매진되어서 절대 구할 수 없었다.

그런 상태에서 영화 관람을 끝낸 관객들이 표를 구하지 못한 사람들의 마음에 불을 질렀다.

증언이 쏟아져 나오기 시작했다.

"정말로 컬러 영화였다니까. 그리고 영상만 컬러인 게 아니라, 배우들의 대사도 제대로 들렸어. 정말 꿈같은 영화야."

색감 넘치는 영상과 배우들의 목소리가 담긴 영화라는 소문이 진짜라고 알려지기 시작했다.

사람들은 그 영상을 볼 수 있기를 소망했다.

연인 직전의 관계를 이루는 두 남녀가 공원 의자에 앉아서 이야기를 나눴다.

"오즈의 마법사가 그렇게 대단하데. 인생에서 사람들이 꼭 봐야 하는 영화라는데 표가 없어서 볼 수가 없어. 어떻게 안 될까?"

"오오, 줄리아. 내가 표를 구해볼게. 꼭 구할 테니까, 줄리아의 생일 때 같이 봐. 알았지?"

"정말?"

"그래, 정말이야."

남자가 여자의 마음을 얻기 위해서 반드시 표를 구해야겠다고 결심했다.

함께 영화를 보고 여자에게 고백해서 교제하는 사이가 되길 희망했다.

영화관에서 표를 사려고 줄을 섰다.

그러나 줄이 50미터도 못 가서 표가 동이 나버렸다.

매표소에 있던 직원이 밖으로 나와서 크게 외쳤다.

"매진! 매진!"

"아, 정말……!"

"또 못 샀어……!"

영화를 보려는 사람들이 한숨을 쉬었다.

바로 코앞에서 매진이라는 소릴 들은 사람들은 전날 밤부터 노숙하며 표를 구하려 했던 사람이었다.

그들은 분통을 터트리며 더 일찍 왔어야 했다는 이야기를 했다.

남자는 상상조차 못한 줄 길이에 자신이 여인의 마음을 얻을 수 있을까 걱정했다.

그때 눈치를 살피던 중년 남성이 와서 말을 걸었다.

나름의 경험으로 사람 보는 눈이 있는 남성이었다.

그가 남자에게 뒷골목에서 제안했다.

"표를 구하시오?"

"그렇긴 한데요……."

"여기 표가 있는데 사시겠소?"

"예? 진짜요?"

"그럼 진짜지, 가짜겠소? 표 두 장에 100달러요."

"100달러……?"

"어쩌겠소? 사겠소?"

"……."

중년 남성의 제안에 남자의 눈동자가 심히 흔들렸다.

100달러는 어지간한 노동자의 한달 월급보다 많은 금액이었다.

포드모터스의 경력직원도 한달 기본 급여는 200달러 수준이었다.

말인즉 한달 월급을 모두 털어야 표를 살 수 있었다.

고민 끝에 남자는 표를 사기로 했다.

"100달러를 가져올 테니 기다려 주세요."

거금을 들여 사랑하는 여인의 마음을 얻고자 했다.

급히 집에 가서 모아놓은 돈을 꺼냈고 한시간이 지나 다시 극장가로 와서 암표를 파는 중년 남성을 찾았다.

그리고 그에게 100달러를 보여줬다.

남성이 곤란한 표정을 지었다.

"이런. 막 표를 팔았는데."

"예?"

"잠깐 자리를 비운 사이에 200달러에 표를 팔았소. 나도 먹고살기 위해서 하는 것이라, 미안하게 되었소."

분통이 터질 수밖에 없었다.

근처에 경찰이 지나가는 것을 보고 남자가 곧바로 신고를 했지만 중년 남성이 암표를 팔았다는 증거가 없어서 경찰은 조사하는 척하다가 남성을 풀어줬다.

결국 남자는 밤새 기다려서 겨우 표를 사고 직장으로 갈 수 있었다.

직장에선 졸지 않기 위해서 안간힘을 쓸 수밖에 없었다.

암표가 기승할 정도로 오즈의 마법사는 초대박 흥행을

이루었다.

신문에서는 영화에서 연출된 기법이 기술의 발전을 통해서 이뤄진 것이라고 기사를 썼다.

연일 사람들의 입에 오르내리면서 오즈의 마법사는 사회적인 현상으로 번지게 됐다.

엄청난 수익을 거둬들였다.

이미 손익분기점을 넘기고 더 많은 수익을 거두고 있었다.

영화사 차원에서 이를 축하하는 성대한 파티가 열렸고 성한과 플레밍, 영화사 직원들과 배우들이 모여서 샴페인 잔을 들었다.

플레밍이 잔을 높이 들었다.

"정말 엄청난 성공을 거뒀습니다! 존스씨의 혜안과, 존경하는 배우들의 엄청난 노력, 그리고 직원들의 최선이 더해져서 우리가 영화 역사에 한 페이지를 장식했습니다! 하지만 이것이 끝은 아닙니다! 앞으로 더 대단한 영화를 만들고 관객을 감탄하게 만듭시다! 우리의 영화는 이제 시작입니다!"

"오오!"

"태백영화사를 위하여!"

"위하여!"

축사에 이어 건배를 크게 외쳤고 잔에 담겨 있던 샴페인을 마셨다.

서로에게 축하와 수고했다는 말을 전했다.

특히 도로시 역할을 맡았던 메리에게 많은 사람들이 고맙다는 말을 했다.

그 말에 메리가 감동을 받아서 눈물을 흘렸다.

여배우들에게 구박을 받으면서 연기했던 순간이 머릿속에서 스쳐 지나갔다.

그리고 그것을 견딘 보상을 결국에 받게 됐다.

그동안 버티면서 걸었었던 길이 옳은 길이었다.

메리의 어깨를 플레밍이 두드려주었고 그 모습을 보고 성한이 미소 지었다.

그리고 플레밍에게 천천히 다가가 말을 걸었다.

"플레밍 감독."

"존스씨?"

"이제 영화도 크게 흥행했고 다음을 생각해야 하지 않겠습니까. 혹, 새로운 작품을 구상한 것이 있습니까?"

신작을 준비 중인지 성한이 물었다.

플레밍이 고개를 가로저으면서 대답했다.

"아직은 없습니다."

이어 성한이 말했다.

"당분간은 오즈의 마법사가 계속 수익을 내겠지만 시간이 지나면 결국 관객의 수가 떨어질 겁니다. 그래서 영화 한 편을 미리 수입해서 관객의 수가 떨어지기 바로 직전에 개봉하려고 하는데 어떻게 생각합니까?"

"저는 괜찮다고 생각합니다. 그 전에 제가 말씀드릴 문제가 아닌 것 같습니다. 시장 판단은 영화사에서 하는 게 맞는 것 같습니다. 다만 제 영화를 보고 싶은 관객들이 아쉬워하지 않게 만들고 싶습니다."

"그것은 걱정하지 않아도 됩니다. 어차피 영화관마다 2개관으로 운영되고 있고 1개관으로 상영을 줄이는 것이니 말입니다. 나머지 1개관으로 상영하고, 여러 개의 상영관을 가진 영화관을 건설 중이니 크게 걱정하지 않아도 됩니다. 오즈의 마법사를 관람하길 원하는 관객들은 얼마든지 볼 수 있습니다."

성한의 말에 플레밍의 걱정이 덜어졌다.

그리고 성한이 수입하고자 하는 영화가 어떤 영화인지 궁금했다.

"수입되는 영화는 어떤 영화입니까?"

그 말에 성한이 회심의 미소를 지었다.

"엑소더스입니다."

"엑소더스?"

"고려에서는 '위대한 작전'으로 부르는 영화입니다."

제목을 듣고 직원 중 한 사람이 입을 크게 벌렸다.

그는 고려에서 들리는 소식을 종종 접하는 이였다.

"위대한 작전?! 그걸 정말로 수입하십니까?"

"예. 이미 문의했습니다."

"와, 그걸 수입하게 되다니……."

플레밍이 직원에게 물었다.

"위대한 작전이라는 영화는 어떤 영화입니까?"

그리고 대답을 들었다.

"고려의 전쟁 영화라고 합니다."

"전쟁 영화?"

"프랑스에서 탱크를 끌고 촬영했다는데 우리 직원들 사이에서도 종종 이야기하는 영화입니다. 고려에서 크게 흥행 중인데, 들리는 소문에 의하면 전쟁터 복판에 있는 것처럼 느껴질 만큼 대단한 영화라고 합니다. 본 적은 없지만 이야기는 계속 나오고 있습니다."

다른 직원이 이야기를 덧붙였다.

"미국에서는 오즈의 마법사가 최초의 컬러 영화이지만, 세계 최초의 컬러 영화는 위대한 작전이라고 합니다. 거기에 음성까지 나온다고 합니다. 우리가 고려의 기술을 빌린 만큼 어쩌면 당연한 이야기인지도 모릅니다."

직원들의 이야기를 듣고 더욱 궁금해졌다.

그리고 직접 어떤 영화인지 보고 싶다는 생각이 들었다.

성한이 플레밍에게 말했다.

"엑소더스를 수입해서 흥행에 성공시키면 그 수익은 고스란히 차기작의 제작비에 더해질 겁니다. 더 멋지게, 더 웅장하게 만들 수 있겠죠. 그러면 지금의 컬러 영상을 훨씬 더 요긴하게 쓸 수 있을 겁니다."

플레밍이 성한에게 말했다.

"존스씨께서 말씀하신대로 위대한 작전, 엑소더스를 수입 상영해주십시오. 그것이 어떤 영화인지 궁금하기도 합니다."

"그러면 수입해서 상영하겠습니다."

"예. 존스씨."

플레밍을 성한이 배려했고 상영관을 줄이는 것에 동의했다.

그리고 다음 날 즉시 조선으로 연락해 발해영화사로부터 엑소더스를 수입하기로 했다.

흥행 수익의 절반은 발해영화사가 가져가기로 했다.

태백영화사에서 중대발표가 이뤄졌다.

조선의 흥행 영화인 엑소더스가 개봉된다는 사실이 신문을 통해서 세상 사람들에게 알려졌다.

미국 시민들이 신문을 읽으면서 반응을 보였다.

"엑소더스를 개봉한다고? 고려의 영화라는데?"

"오즈의 마법사가 이렇게 잘되고 있는데 개봉관을 줄이면서까지 그렇게 하는 이유를 도저히 모르겠어. 왜 그러는 거지?"

미국에서 거의 하나의 사회 현상이 될 정도로 오즈의 마법사는 미국을 상징하는 영화였고 최고의 영화였다.

그 영화가 아직 상영 중일 때 발표가 일어나자 사람들은 어리둥절하다 못해 황당함까지 느꼈다.

물론 손익분기점을 넘기고 엄청난 수익을 거둬들였지만 더 많은 수익을 거둘 수 있음에도 그런 결정을 내린 태백영화사가 이해되지 않았다.

그런 생각이 드는 와중에 엑소더스에 대한 정보가 담긴 기사를 읽었다.

뉴월드타임스가 '단독'이라는 문구까지 쓰며 특집 기사

를 실었다.

기사를 읽은 시민들이 관심을 나타냈다.

"세계 최초의 컬러 영화라고?"

"오즈의 마법사가 세계 최초 아냐?"

"이 기사를 보니까 아니라는데? 오즈의 마법사는 미국 최초의 컬러 영화고, 영화 촬영 때 쓰인 기술이 전부 고려에서 받은 것이라고 되어 있어. 세계 최초의 컬러 영화는 엑소더스야."

최초의 컬러 영화가 오즈의 마법사가 아니라는 것을 알게 되었다.

기사에 따르면 사람의 목소리가 나오는 영화 역시 엑소더스가 최초며 처음이었다.

미국 시민들이 새로운 진실과 지식을 얻었다.

또한 엑소더스의 간략한 내용을 알게 됐다.

미국의 자부심도 함께 높일 수 있는 영화였다.

"뮌헨 구출작전?"

"지난 전쟁 때 독일이 고려인들을 인질로 잡았다가 구출된 것이 있었잖아."

"그랬지."

"그때의 일을 영화로 촬영한 것 같은데? 그런데……."

기사를 읽다가 소제목 하나를 발견하고 사람들의 시선이 집중되었다.

[실제 전차 기동! 그리고 실 사격!]

[진짜 전쟁이 뭔지 보여주다!]

"전차를 실제로 움직였다고?"

"이게 대체……."

영화를 촬영하는데 실제로 전차를 움직였다는 말만큼 사람들의 흥미를 돋우는 말이 없었다.

그러나 그것은 일부분이었다. 실제로는 더한 것도 움직였고 생생한 장면을 촬영기 안에 담았다.

며칠 뒤 태백영화사의 자회사인 배급사를 통해 수입된 엑소더스의 첫 상영이 시작되었다.

엑소더스 간판이 걸리자 사람들이 영화관에 몰리면서 표를 사기 시작했다.

처음에는 호기심이었고 실제 전차를 움직였다는 소문에 대한 진실을 확인하기 위함이었다.

관람표를 구매한 관람객들이 기대감을 나타냈다.

"실제로 전차를 타면서 찍었다니, 정말 사실인지 궁금한데?"

"설마 실제 전차이겠어. 전차처럼 꾸민 것이겠지. 영화를 보면 알겠지만 말이야."

"고려 영화가 어느 정도 수준인지 한번 봐야겠어."

매진에 매진이 이뤄지기에 쉽게 표를 구할 수 없었다.

표를 구하지 못한 관람객은 별 후회 없이 물러났다.

오히려 상영관을 엑소더스가 잡아먹으면서 오즈의 마법사 표를 구하기가 더욱 어려워졌고, 그로 인해 불만을 토해냈다.

"정말, 고려의 영화 따위를 왜 수입한 거지?"

"그러게 말이야. 오즈의 마법사만 더 보기 힘들어졌잖아."

"저기 줄 선 것 좀 봐. 고려의 영화를 보려고 저렇게까지 줄을 서다니 미친 것 같아."

국수주의에 취한 사람들이 고개를 절레절레 흔들었다.

엑소더스 상영 시간을 기다리는 사람들을 보면서 손가락질을 했고 어떤 관객은 그것 때문에 말싸움이 붙고 기분이 나빠지기까지 했다.

그 와중에 첫 상영이 끝나고 상영관에서 관람을 마친 관객이 나왔다.

상기된 표정으로 나오던 관객 중 한 사람이 주저앉자 그 주위에 있던 사람들이 크게 놀랐다.

도와주려고 줄에서 잠시 이탈한 사람이 손을 잡아줬다.

"어디 아프세요?"

여인의 물음에 주저앉은 여인이 벌벌 떨었다.

"어떻게 이런 영화를……."

"네?"

"괜찮아요. 도와주지 않으셔도 돼요. 일어설 수 있어요."

"……?"

온몸을 떠는데 얼굴은 흥분으로 가득 채워져 있었다.

주저앉았던 여인이 알아서 일어났고 그녀의 표정은 상영

관에서 나오는 모든 사람들의 표정이었다.

그것이 여운이라는 것을 깨닫고 줄을 서고 있던 한 사람이 나와서 안에서 나오던 사람을 붙들었다. 그리고 물었다.

"실례합니다만……."

"예?"

"엑소더스, 재밌습니까? 어땠습니까?"

남자의 물음에 질문을 받은 남자가 환하게 웃으면서 대답했다.

"최고입니다!"

"최고라고요?"

"그럼요! 여태껏 보지 못했던 영화입니다! 살면서 그런 영화를 처음 봤습니다! 오즈의 마법사 따위와는 절대 비교하지 마세요!"

"……?!"

관람객의 증언에 기다리고 있던 관객들이 크게 술렁였다.

오즈의 마법사를 폄하할 수 있을 정도로 대단한 영화라는 말이 믿어지지 않았다.

질문했던 사람이 고맙다고 말했다.

"감사합니다……."

그리고 함께 기다리던 친구에게 말했다.

"대체 얼마나 대단한 영화이기에 저렇게 말하는 거지? 관람한 여자는 아예 주저앉기까지 하고."

"그래서 내가 보자고 했잖아. 오늘 우리는 엑소더스를 보고 대승을 거둘 거야."

"왠지 네 말대로 될 것 같아."

상영관에서 사람들이 나오자 이어 기다리던 사람들이 줄지어 안으로 들어가기 시작했다.

그리고 관람표에 적혀 있는 대로 자리를 찾아가서 앉았다.

영화관에서 파는 팝콘을 먹으면서 상영 전에 이뤄지는 광고를 봤다.

조선의 화장품이 미국에도 진출했다.

"황진이?"

"나, 저거 알아. 고려에 다녀온 친구가 사온 화장품인데 정말 좋은 화장품이었어."

"드디어 황진이가 우리나라에도 매장을 여는구나!"

조선 전통복을 입은 여인이 춤을 추면서 황진이 화장품에 대한 동양적이고 고급적인 인식을 사람들에게 주입시켰다.

그것을 통해 여인들은 황진이 화장품에 대해서 알아봐야겠다는 생각을 했다.

남자들은 자동차 광고에 관심을 보였다.

이어 나인기 광고가 이어졌고 '그냥 하라'라는 영어 문구가 사람들의 눈에 강하게 박혀들었다.

그때까지만 해도 사람들은 광고를 고만고만하게 보면서 영화 상영을 기다렸다.

영화가 시작되자 눈을 깜빡이는 빈도를 낮추고 집중하기 시작했다.

30분 뒤에 포성이 울려 퍼지기 시작했다.

'뭐야 이건?!'

상영관에서 천둥이 울려 퍼지고 불벼락이 떨어지기 시작했다.

관객들은 정신을 차릴 수가 없어서 거의 혼절 직전까지 몰렸다.

조선의 영화인 엑소더스가 미국에서 개봉했다. 그리고 영화사 전체가 뒤집어졌다.

헐리우드의 미래가 지워지고 제주도의 미래가 밝혀지고 있었다.

모든 문화의 미래가 제주도로 향하기 시작했다.

꿈을 이루는 섬이 되다

"이게 엑소더스입니까?"

"예. 감독님."

"어떤 영화인지 한번 봅시다. 세계 최초의 컬러 영화라는데 기대가 됩니다. 함께 보면서 평가해 봅시다."

태백영화사 본사에 작은 상영관이 있었다.

그곳에는 자기선이라 불리는 자기테이프를 재생할 수 있는 특별한 영사기가 있었다.

그 영사기는 컬러 영상을 보여주는 것뿐 아니라 스피커선을 연결해서 소리 재생도 할 수 있었다.

플레밍과 오즈의 마법사에서 연기를 펼쳤던 배우들이 의

자에 앉았고 그들을 도우면서 일했던 보조연출자들도 함께 의자에 앉아서 엑소더스를 관람하기 시작했다.

영화관이 아니었기에 광고나 먹을 것이 없었고 그저 담백하게 영화만을 감상했다.

조선의 영화가 어느 정도인지 평가하려고 눈에 불을 켜고 영상을 살피기 시작했다.

그리고 상영 시작 5분도 안 되어서 감탄이 흘러나왔다.

촬영 감독이 기막힌 표정을 지었다.

"저런 앵글로 배우들의 얼굴을 집중시키다니."

"우리가 찍던 방식과 전혀 다른데요?"

"그러게 말이야. 그래도 우리는 조금 멀리서 찍는데 저렇게 과하게 얼굴을 집중시키는 것은 처음 봤어. 이상하게 느껴지지 않아서 더 대단해 보며. 고려의 화면 연출 방식이 특이하면서도 대단해."

앵글을 통한 연출 방법이 달랐다.

조선인들이 납치됐다는 소식에 조선 총리가 심각한 표정을 지었고 카메라는 그의 얼굴을 강하게 잡아당겨 찍었다.

10분 뒤에는 납치된 조선인들을 구하는 작전회의가 시작되었고 그러한 모습을 찍은 앵글도 인물과 배경, 지도 등을 번갈아 찍으면서 다채로운 모습을 보여줬다.

작전에 협조하는 영국과 미국, 프랑스 정부의 모습이 표현됐고, 심지어 인질 확보로 조선군의 참전을 막으려는 독일 정부의 모습까지 연출되었다.

그것을 통해 그 일이 정말 엄청난 일이었다는 것을 알게 됐다.

오즈의 마법사에서 허수아비 역할을 맡았던 배우가 작은 목소리로 플레밍에게 말했다.

"정말 엄청 큰 이야기인데요?"

"그래야겠지. 나라와 나라가 움직이는 이야기니까."

"이걸 다 표현하면서 저렇게 담아내다니. 고려 영화의 연출이 이 정도라니 정말 놀랍네요. 우리 영화에 뒤지지 않을 것 같아요."

30분이 지나기 전이었다. 아니, 사람들에게 충격을 안겨주기 시작하는 25분이 지나기 전이었다.

상영관에 있던 사람들 중에서 가장 나이가 어린 메리가 차분히 영화를 보고 있었다.

어두웠던 화면이 이내 환해지고 메리의 눈동자에 푸른 바다가 펼쳐져서 박혀들었다.

엑소더스의 진면목이 펼쳐지기 시작했다.

육중한 전함과 순양함이 화면에 모습을 드러냈다.

바닷물을 헤치는 군함들을 보면서 사람들이 탄성을 토해냈다.

"맙소사?!"

"이거, 어떻게 된 거야……?"

"……?!"

플레밍의 온몸이 경직됐다. 거친 파도를 헤치는 전함의 옆으로 항공기를 가득 실은 항공모함들이 항진하고 있었다.

그 모습이 때로는 공중에서, 때로는 함대 옆에서, 때로는 함대 앞에서 화면이 연출됐다.

함교의 장병들이 진지한 표정으로 창밖을 쳐다봤다.

때로는 측전방에서 때로는 그들의 뒤에서 앵글이 잡혔다.

장병들을 지휘하는 인물은 이강이었다. 그를 닮은 배우가 연기를 하고 있었다.

상영관에 있던 몇몇 사람들이 그를 알아봤다.

"저 사람, 설마, 고려 황자야?!"

"그… 그런 것 같은데?!"

"고려 황자가 전에 독감 치료제를 우리에게 줬잖아! 내가 고려 황자의 얼굴을 기억해! 고려에서 그를 닮은 배우를 썼어! 이 영화 정말 대단한데?!"

실제 군함을 찍은 것도 모자라서 실존인물을 닮은 배우를 썼다는 게 대단했다.

그러나 그것 또한 사실상 예고편이었다.

영화 안에서의 이강이 장병들에게 명령을 내렸고 이내 조우하게 된 적 함대와 교전을 치르기 시작했다.

이강을 맡은 배우의 목소리가 스피커를 통해 쩌렁쩌렁하게 울려 퍼졌다.

[우리 백성을 건드린 자들을 절대 용서치 마라! 저들을 물리쳐야 우리 백성들을 구할 수 있으니 조선 백성의 수호자인 너희들은 온 힘을 다해서 적을 상대하라! 전 함대 발

182

포 준비!]
　[전 함대 발포 준비!]
　[쏴!]
　[뻐벙! 뻥!]
　[쿠쿠쿵! 쿠쿵!]

　"헉?!"
　"이럴 수가?!"

　[콰쾅!]

　"……?!"
　실제 포격이 이뤄졌다. 포성에 함교 창문이 흔들리는 것
까지 표현됐고 포구에서 터지는 화염에 장병들의 얼굴이
번쩍이는 것까지 표현됐다.
　그 모든 것이 컬러 영상으로 보였다.
　그리고 실제 군함이 폭발했다. 실제로 독일 해군이 운용
했던 군함이었다.
　군함들이 포격을 받으면서 터져나가자 상영관에 있던 모
든 사람들이 숨죽였다.
　이후로 어떤 말도 할 수 없었다.
　더 이상 엑소더스를 평가할 수 없었다.
　실제 조선군에서 운용하는 전투기인 보라매가 하늘을 날
며 지평선을 반전시켰고 돌아가는 지평선과 구름을 배경

삼으면서 알바트로스와 할버스타트와 같은 독일 전투기
와 교전을 벌였다.

꼬리에 꼬리를 물고, 가까이로는 기수에서 촬영되고 멀
리로는 다른 항공기를 통해서 촬영된 듯한 영상이 나타났
다.

그리고 교전하던 전투기들이 화면으로 달려오다가 스치
듯이 옆으로 지나갔다.

영상의 연출이 상상을 초월했다.

그러나 무엇보다 사람들을 경악시키게 만든 것은 지상전
이었다.

화면이 흔들리고 있었다.

[여기서는 못 싸워! 하차해서 싸운다!]

[예! 조장님!]

[고개 들지 마십시오! 적들의 총탄이 날아듭니다! 몸을
낮추십시오!]

[아…알겠습니다!]

영화 안에서의 김상옥이 화물칸에 타고 있는 사람들에게
외쳤다.

그들 중에는 조선인 직원들과 미국인 직원들, 공관원들
도 있었다.

특임대원들과 함께 화물차에서 하차한 김상옥이 서 있는
화물차를 엄폐물로 삼고 소총과 기관총으로 독일군을 조

준했다.

화면이 움직일 때마다 거칠게 흔들리면서 마치 전쟁터에 와 있는 것 같은 느낌을 사람들에게 선사했다.

모두가 숨죽인 채 김상옥과 대원들의 전투 장면을 지켜봤다.

뮌헨에서 고려인들을 구한 대원들이 슈투트가르트 외곽에서 독일군과 교전을 치렀다.

위기 속에서 사람들을 지키기 위해 목숨을 거는 영웅들의 모습이 표현됐다.

독일 포병이 포격을 가했으나 다행스럽게 포탄은 대원들과 구출된 사람들을 비켜갔다.

폭발이 일어나면서 대지가 불탔다.

손에 땀이 찼고 영화를 보는 사람들의 긴장감이 극한으로 치달았을 때였다.

하늘에서 항공기가 나타나서 독일군을 폭격하고 조선군 전차가 나타났다.

안중근을 맡은 종덕이 영화에서 명령을 내리고 있었다.

[아직 적이 남아 있다! 놈들이 도망칠 때까지 계속 쏜다! 쏴!]

그의 명령을 따라 맹호 전차가 불을 뿜었다.

독일군이 깨지고 박살나면서 구원을 얻은 대원들이 환호성을 질렀다.

그것을 보고 의자에 앉아 있던 배우들이 벌떡 일어났다.

"그렇지!"

"싹 다, 쓸어버려!"

영화라는 것을 잠시 잊었다. 주먹을 들면서 벌떡 일어났던 사람들이 주위를 돌아보고 머쓱해하면서 다시 자리에 앉았다.

그리고 다시 계속해서 영화를 관람했다.

김상옥과 대원들을 구한 안중근이 전차 해치 밖으로 모습을 드러냈고, 대원들에게 구출된 사람들을 장갑차에 탑승시키라고 지시를 내렸다.

종덕이 안중근이 된 것처럼 묵직한 음성으로 대사를 연기했다.

[장갑차가 있으니 안전하게 후송할 수 있네. 전차들이 길을 열 것이니 백성들과 미국인들에게도 승차하라 전하게. 불란서로 돌아갈 것이네.]

[예! 장군!]

함께 온 장갑차에 구출된 사람들을 승차시켰다.

이후 대원들도 장갑차에 탑승하면서 전차 부대의 호송을 받으면서 전장에서 이탈했다.

떠날 때 쓰러져간 적군의 시신을 바라보는 김상옥의 시선이 백미였다.

대원들이 무사히 프랑스로 돌아오는 장면으로 영화가 마

무리되었다.

영화의 마지막을 장식하는 문구가 있었다.

조선은 결국 독일의 협박을 이기고 인질을 구한 사실과 구출 직후 독일을 상대로 선전포고한 사실이 조선글로 쓰이고 배우들의 대사처럼 자막으로 처리됐다.

그리고 미국인들을 구한 사실을 전하면서 영국과 미국 프랑스가 함께 공동 작전을 벌였던 것임을 알려줬다.

그것을 보고 사람들의 가슴에서 뿌듯함이 일어났다.

'우리 미국이 고려를 도왔다니······.'

그리고 영화가 끝났다. 웅장한 음악이 울려 퍼지면서 출연자들의 이름과 보조연출자의 이름이 줄줄이 지나갔다.

불이 밝혀지면서 상영관이 환해졌지만 플레밍과 배우들은 한동안 자리에서 일어날 수 없었다.

보조연출자들 사이에서 이야기가 오갔다.

"이게 정말로… 고려 영화야······?"

"실제로 전함에서 촬영하고 함포 사격까지 하다니!"

"전차 부대의 이동과 포격은 또 어떻고!"

"고려군이 움직이는데 그렇게 카메라를 흔드는 연출은 처음 봤어!"

"미쳤다, 미쳤어, 정말!"

"우와······."

흥분의 여운이 가시기 않았다.

플레밍은 심각한 표정을 지었다. 그의 곁에 앉은 배우가 플레밍을 쳐다봤다.

"감독님……."

플레밍이 배우에게 물었다.

"오즈의 마법사… 보려고 하는 사람들이 있을까요?"

"예……?"

"지금 오즈의 마법사와 이 영화가 함께 개봉된 상태입니다. 물론 오즈의 마법사가 손익분기를 넘기고 큰 수익을 거뒀지만 전처럼 사람들이 보려고 할까라는 생각이 듭니다. 제가 관객이라면 오즈의 마법사보다 엑소더스를 볼 것 같습니다."

엑소더스를 보고 승승장구 해왔던 자신을 잃어버렸다.

그동안 오즈의 마법사가 개봉되고 사람들의 찬사를 들으면서 영화사에 자신의 이름을 새길 수 있을 것이라 생각했다.

그 기대가 무너지고 있었다. 모든 것을 잃은 것은 아니었지만 견디기 힘든 허탈감이 찾아왔다.

그때 함께 해왔던 배우들이 말했다.

"힘내십시오. 감독님."

"그래도 엑소더스가 있기 전까지 감독님의 영화가 세계 최고의 영화이지 않습니까?"

"저는 오즈의 마법사에서 컬러 배경으로 바뀌던 순간을 잊지 못합니다. 그때만큼 큰 충격도 없었습니다."

플레밍을 위로하기 위해서 배우들이 애썼다.

그리고 메리가 다가와서 플레밍에게 말했다.

그가 했던 예전의 말을 떠올리게 만들었다.

"저는 감독님께서 엑소더스 같은 영화를 만드실 수 있다고 생각해요. 고려 영화를 보셨으니 보고 배우실 수 있잖아요. 제가 다른 배우 분들을 보면서 배웠던 것처럼 말이에요. 제겐 감독님이 최고의 감독이에요."

"……"

그 말을 듣고 가슴에서 무언가가 불타올랐다.

예전에 메리에게 했던 말이 떠오르며 새로운 목표가 세워졌다.

스태프와 배우들 앞에서 다짐했다.

"다음에 영화를 촬영하게 되면, 꼭 엑소더스를 능가하는 영화를 만들겠습니다."

"예! 감독님!"

"꼭, 그렇게 하십시오!"

승리 끝에 찾아온 패배를 인정했다. 그리고 새로운 승리를 노리기 시작했다.

오즈의 마법사를 능가하는 차원이 다른 영화가 미전역을 강타했고 엑소더스를 관람한 관람객들은 가족과 친구, 지인들에게 그것이 최고의 영화라고 찬가를 늘어놓기 시작했다.

회사에 출근해서 동료들에게 말하는 것은 기본이었다.

"꼭 봐! 알았지?"

"그게 그렇게 재밌습니까?"

"재미를 넘어서서 대단하다니까! 전함에서 함포를 쏘고 전차가 달리면서 전차포를 막 쏴! 귀에서는 총알이 막 날

아다니고 말이야! 그러니까 시간이 되면 꼭 봐! 상영이 끝나기 전에 말이야! 못 보면 정말 후회할 만한 영화야! 고려가 영화를 그렇게 잘 만드는지 처음 알았어!”

추천을 하면서 오즈의 마법사보다 먼저 봐야 된다고 말했다.

소문을 타면서 오즈의 마법사가 그랬던 것처럼 엑소더스도 똑같은 일을 일어나기 시작했다.

표를 팔기 시작하면 금세 동이 나고 암표상이 활개치고 그 암표가 비싸게 팔렸다.

사람들은 엑소더스 표를 구하러 갔다가 표를 구하지 못해서 오즈의 마법사를 관람할 수밖에 없었다.

그조차 쉽지 않았지만 꿩보다 닭이었다. 그리고 그 닭 역시 너무나도 맛있는 닭이었다.

엑소더스 때문에 오즈의 마법사 상영이 일찍 끝날 것이라는 예상과 전혀 다르게 전개되기 시작했다.

그리고 사람들은 엑소더스를 보면서 계속 열광했다.

“그래! 드디어 구출했어!”

“고려군이 정말 멋있어! 저때 우리나라 사람들을 함께 구했던 거잖아! 고려야말로 우리와 영원히 동맹할 수 있는 나라야!”

“고려 영화가 최고다, 정말!”

관람 도중에 환호했고, 미국인을 구한 조선군을 기억하면서 앞으로도 그들과 함께 해야 된다는 생각을 했다.

그리고 조선 영화가 세계 최고라는 것을 깨닫고 인정했

다.

첫 컬러 영화를 봤던 충격의 여운은 이미 지워진지 오래였다.

엑소더스를 관람한 관객의 인터뷰가 신문 기사에 실렸고 미국은 조선의 영화라는 새로운 문화 충격을 받아들였다.

뉴월드타임스를 비롯한 신문사들이 엑소더스에 대한 기사를 냈다.

[엑소더스, 무엇이 다른가?]

[충격의 핸드셰이킹 촬영! 전쟁 영화 연출에 생명을 불어넣다!]

[실제 해군 함대와 전투기, 전차 부대를 동원하다!]

[고려 군부의 지원으로 완벽해진 영화!]

[우리도 엑소더스 같은 영화를 만들어야 한다!]

[엑소더스가 제작되었던 제주도를 주목하라!]

신문 전면을 장식하는 제목들이 사람들의 호기심을 자극했다.

그 신문을 사람들이 읽으면서 새로운 세상에 눈을 떴다.

조선 영화를 알고 엑소더스가 제작된 제주도를 알게 됐다.

영화를 못 본 사람은 더욱더 그것을 볼 수 있기를 소망했다.

                        *   *   *

  미국의 분위기가 성한을 통해서 장성호에게 전해졌다.
  통신기에서 웃음소리가 크게 울려 퍼졌다.
  —정말 크게 대박 났습니다. 미국 시민들이 엑소더스에
열광하고 있습니다. 더군다나 미국인들이 구해진 일이라
서 조선에 대한 찬양도 늘어나고 있습니다.
  "참으로 희소식 중 희소식인 것 같습니다."
  —예. 부장님. 많은 것들이 있겠지만 영화가 가진 힘이
정말로 큽니다. 그리고 제주도에 대한 관심도 보이기 시작
했습니다. 차기작까지 크게 흥행하면 앞으로의 미래가 완
전히 달라질 겁니다. 어떤 작품이 준비되어 있는지 듣고
싶습니다.
  태성이 어떤 영화를 준비하는지 물었다.
  성한의 물음에 장성호가 회심의 미소를 지으면서 알려줬
다.
  "충무공이순신에 관한 이야기입니다."
  —충무공이순신이라고요?
  "예. 이원회 제독에 관한 영화도 생각해봤지만 위대한
작전에서 해군함대로 영화를 촬영했던 만큼 이번에는 충
무공이순신에 관한 영화를 준비해서 사람들에게 선보이
고자 합니다. 이를 위해서 판옥선을 다시 만들고 있습니
다."
  —해전은 어떤 해전입니까?

192

"명량대첩입니다. 그것만큼 인상적인 해전도 그리 없을 겁니다. 신작 영화가 흥행하면 현대적인 내용으로 멜로 영화를 만들 겁니다."

—다채롭게 가는 게 좋습니다.

"통신장도 그렇게 말했습니다. 조선의 영화는 돈으로 때우기만 하는 영화가 아닙니다."

새로 준비되고 있는 영화에 대해서 이야기 했다.

그 영화 또한 반드시 큰 흥행을 이룰 것이라고 생각했다.

사람들에게 여태 보지 못한 영화를 보이고 여태 경험하지 못한 관람 문화도 선보이려고 했다. 그에 관해서 이야기 했다.

—미국에서 3개 이상의 상영관을 준비 중입니다.

"멀티플렉스입니까?"

—멀티플렉스는 아니고 시범으로 뉴욕에 다관 상영이 가능한 영화관을 운영하려고 합니다. 이후에 멀티플렉스를 계획하고 있습니다. 조선에서도 전에 말씀드린 대로 되는 것으로 아는데 지금은 어떻습니까?

"곧 다관 영화관이 완공됩니다. 위대한 작전이 크게 흥행하면서 관객들이 엄청나게 몰렸는데 그 수요를 어느 정도 충족시키려고 합니다. 신작 영화 상영을 위해서라도 한양, 평양과 같은 도시에서 다관 영화관을 개관할 겁니다. 미국의 태백영화사와 비슷한 상황입니다. 차근차근 단계를 밟아갑시다."

—예. 부장님.

"우리 영화를 세계 최고로 만들어 갈 겁니다."

사람들이 깨닫지 못한 지식과 경험으로 세계 영화 산업을 주도하려고 했다.

그것을 천군이라 불리는 사람들이 직접 이뤄야 한다고 생각했다.

그때까지만 해도 그것이 최선이었다.

그렇게 생각하고 계획했을 때 그것을 뛰어넘는 사람들이 나타나기 시작했다.

동대문 바깥 인창이라는 곳에 6개 상영관에서 동시에 영화를 상영할 수 있는 다관 영화관이 거의 완공되고 있었다. 정식 명칭은 '황립 동대문 다관 영화관'으로 그 영화관은 이희를 대주주로 하는 영화관 회사의 영화관이었다.

문화체육관광부대신인 이상재가 운영을 책임지고 있었다.

남강상사의 남강건설에서도 영화관 건설을 책임지고 있었다.

이상재와 남강상사의 회장인 이승훈이 함께 완공을 앞두고 있는 다관 영화관을 보고 있었다.

그것을 보면서 서로 이야기를 나누었다.

"영화라는 것이 참으로 대단합니다. 사람들에게 재미와 즐거움을 선사하면서도 위대한 작전처럼 우리 장병들의 노력과 희생의 숭고함을 깨달을 수 있으니 말입니다. 어쩌면 글보다 더 명확하게 백성들을 가르칠 수 있는 것 같습니다."

"그것도 쓰기 나름입니다. 음식을 조리할 때 쓰는 칼로 사람을 죽이면서 흉기에 불과하지요. 영화도 영화 나름입니다. 상상력으로 사람을 즐겁게 만들고 감동시킬 수는 있어도 엉뚱한 것으로 그렇게 하면 그것은 해악에 불과합니다. 그때부터는 천민보다도 못하게 돈을 벌 수 있습니다. 인간의 가치를 깎아내리는 일이 될 겁니다."

"설마 그렇게까지 되겠습니까?"

"저는 그렇게 될 수 있다고 봅니다. 때문에 영화를 제작하는 데에 있어서도 어느 정도의 절제가 필요하다고 생각합니다."

영화 심의에 대한 생각을 이상재가 밝혔다.

이승훈은 상상력을 막는 일이 될 수도 있다고 말했고 이상재는 최소한의 안전장치가 필요할 것이라고 말했다.

당장은 아니지만 언젠가 그런 제도가 있어야 거짓을 통한 선동을 막고, 불륜을 아름답게 그리는 일이 없을 것이라고 말했다.

그 의견만큼은 이승훈이 확실하게 동의했다.

두 사람은 개신교인이기에 가정의 책임을 중요하게 생각했다.

그런 도중 머릿속에서 생각 하나가 스쳐 지나갔다.

"음?"

이상재에게 이승훈이 물었다.

"뭔가 이상한 것이라도 있습니까?"

"이상한 것은 아니고, 생각이 나서 그렇습니다."

“어떤 생각입니까?”

“정리 좀 하겠습니다. 잠시만 기다려 주십시오.”

“……?”

“다관 영화관을 백화점이나 시장과 연계하는 것이 어떻겠습니까?”

“예?”

“백화점 건물에 영화관을 함께 둬서 건설하고, 백성들이 찾는 시장에도 함께 연계하는 겁니다. 그렇게 해서 영화를 보고 기다리는 동안 물건 구경을 하고 사게 만드는 겁니다. 그러면 물건을 파는 사람과 영화 관람객들을 한꺼번에 만족시킬 수 있을 것 같습니다. 사업가의 판단으로 제 생각에 대해 어떻게 생각하십니까?”

이상재의 대답과 되물음을 듣고 이승훈이 빠르게 판단했다.

“좋은 생각인 것 같습니다. 아니, 정말로 최고의 한 수입니다. 백화점 건물과 시장과 연계시킨다니. 감히 상상한 적이 없습니다.”

“조정 대신들과 이야기를 나눠보고 폐하의 재가를 받고 말씀 드리겠습니다.”

“예. 문체부대신.”

번뜩이는 생각에 두 사람이 환하게 미소를 지었다.

문화체육관광부로 돌아온 이상재는 곧바로 협판과 직속 관리들과 이야기를 해서 상업건물과 연계하는 것에 대해 이야기를 하고 동의를 얻었다.

문화체육관광부 차원에서 입장이 정리되자 다른 대신들과도 협의하고 무엇보다 이태성과 함께 영화 산업 육성에 힘쓰고 있는 장성호를 만나서 이야기했다.

총리부에서 이야기를 듣고 장성호가 고개를 끄덕였다.

이상재가 장성호에게 자신의 생각이 어떠한지 판단을 물었다.

"괜찮지 않습니까?"

그리고 장성호가 말했다.

"정말 좋은 생각이신 것 같습니다."

"그렇지요?"

"그리고 그것에 관해서 이 감독과도 이야기를 했습니다. 영화 하나로 지역 경제를 크게 일으키는 일에 대해서 말입니다."

"아!"

"다관 영화관은 그 시작입니다. 그리고 다관 영화관이 성공하면 바로 다음 단계입니다. 그래서 미리 문체부대신께 말씀 드립니다. 폐하께 말씀 드릴 테니 그 일을 준비해 주시기 바랍니다. 남강상사의 이회장에게도 말씀해 주십시오."

"알겠습니다!"

천군이 미리 계획하고 있던 일이었다.

자신의 생각이 옳았다는 것을 확인하면서 이상재가 매우 기뻐했다.

그의 나이는 어느덧 칠순이었다. 칠순에 이른 대신이 그렇게 열정적일 수가 없었다.

회의실에서 나가는 이상재를 보면서 장성호가 생각에 잠겼다.

'대단하다. 우리야 과거의 지식과 경험으로 하는 것이지만 이상재는 전혀 새로운 일을 하는 거잖아. 그런 것을 생각할 수 있다는 게 정말 대단해. 그것도 저렇게 백발조차 새어가는 칠순 할아버지가 말이야. 독립운동가 중에 제일 재치 있으신 분이라는 게 정말 틀림이 없구나. 대단해.'

감탄하면서 환하게 웃었다.

며칠 뒤 이희의 황명이 이상재에게 떨어졌다.

황명을 받은 이상재는 곧바로 한양에 머무는 이승훈을 찾아가서 백화점과 시장을 연계하는 영화관에 대한 이야기를 하고 준비를 착수하기 시작했다.

몇 가지 안들이 나왔다.

"하나는 백화점, 또 하나는 상가 건물과 연계하는 것, 또 하나는 물류매장과 연계하는 것입니다. 그리고 이 일을 남강상사에서 먼저 진행하는 겁니다."

"제가 말입니까?"

"예. 남강상사를 시작으로 이 일에 관심을 보이는 상사들이 자연스럽게 뛰어들 겁니다. 폐하께서 이제부터 이 일을 기업인들에게 맡기시겠다 합니다. 백성들에게 유익한 즐거움과 재미를 주고 상점의 경제를 더욱 증진시키라는 황명을 내리셨습니다. 또 한 가지가 더 있습니다."

"어떤 것입니까?"

"이를 성공시켜서 외국에도 진출해서 국부를 이루라 하셨습니다. 최종 목표는 미국, 그리고 유럽입니다. 전 세계에 우리 영화관을 세워서 대업을 성취하라 하셨습니다. 기업인들의 성공이 곧 조선의 성공이라 하셨습니다."

황명을 전해 듣고 이승훈이 기뻐서 벌떡 일어났다.

이내 경복궁이 있는 곳을 향해서 큰 절을 올렸다.

"황은이 망극하옵니다! 폐하!"

그리고 의지를 드러냈다.

"폐하와 나라와 백성을 위해, 여태 본적이 없는 영화관을 건설하겠습니다!"

새로운 꿈을 품기 시작했다. 바로 세계 곳곳에 조선의 영화관을 세워서 만국인에게 재미와 즐거움을 주고 이로운 영화를 상영하는 것이었다.

그리고 영화관과 함께 세계 상인들과 동업하는 꿈이었다.

미래가 과거가 되었고 과거가 현재가 되었다.

다관 영화관 개관이 이뤄지면서 조선에서 더 많은 사람들이 영화를 볼 수 있게 됐다.

그리고 영화 '위대한 작전'에 대한 열기가 식기도 전에 이태성의 새로운 신작 영화가 개봉됐다.

그 영화는 조선의 정신이 담겨 있는 영화였다.

두 글자로 주인공에 대한 모든 것을 표현할 수 있었다.

"성웅?"

"충무공이순신 장군의 영화라는데?"

"장군은 육군 지휘관들에게 붙이는 칭호고, 수군은 해군이니까 제독이셔."

"충무공이순신 제독의 영화라니!"

신문을 통해 신작 영화에 대한 정보가 사람들에게 알려졌다.

사람들은 위대한 작전을 봤을 때의 감동을 떠올리고 새로이 감동을 느끼기 위해서 영화관으로 향했다.

명량이라 불리는 진도 울돌목에서 300척에 이르는 일본의 군선을 막는 이순신 제독의 활약을 영화로 보게 됐다.

위대한 작전만큼 큰 흥행몰이가 일어나기 시작했다.

몇 달 뒤 미국에서도 영화 상영이 이뤄졌다.

태백영화사 아래에 배급사와 상영사가 있었고 뉴욕에 건설 된 다관 영화관에서 2개 관에서 엑소더스를 상영하는 가운데 신문사를 통해 홍보가 되었던 '히어로'가 개봉하게 됐다.

히어로는 '성웅'이라는 제목을 수출용으로 정한 제목이었다.

사람들은 엑소더스 감독과 제작진이 같다는 이야기에 득달같이 영화관에 달려들었다.

그리고 영화 관람을 하고 다시 충격을 받았다.

상영관에서 나올 때 여운이 엄청났다.

"이번에도 실제 촬영이야! 대체 조선은 어떤 나라이기에 바다 위에다가 그런 배를 띄우고 대포까지 쏘는 거야?"

"나는 여태까지 영국의 넬슨이나 고려의 이원회가 대단한 제독인 줄 알았는데, 그 두 사람보다 뛰어난 위인이 있다는 것을 처음 알았어!"

"왕에게 의심을 받아서 죽을 뻔하고도 나라와 국민을 위해서 그렇게 싸우다니…! 어째서 고려가 위대한 나라인지 알겠어!"

"죽고자 하면 살 수 있다는 대사가 귀에서 계속 맴돌아!"

이제는 제주도에 영화 촬영을 위한 모든 기반 시설이 갖춰져 있었다.

그곳에 영화 촬영을 위해 건물을 짓는 건설사와 작은 모형을 제작하는 장인들이 모인 회사, 소품 제작 회사, 심지어 주문을 받아서 직접 목조 선박을 건조하는 회사들도 있었다.

그런 회사들이 한곳에 모여 있었기에 대자본을 투입해서 영화를 금방 만들었다.

게다가 군부의 지원으로 상당한 화약을 쓰면서 해전에서의 효과를 만들어냈다.

판옥선에 탑재 된 화포가 불을 뿜어내고 철제 포탄이 모자라서 돌을 깎아서 만든 포탄을 쏘는 것까지 고증을 완벽하게 해낸 영화였다.

충무공 이순신이 영화를 통해 세상에 알려졌다.

뉴월드타임스를 통해 히어로라는 영화에 대한 분석이 이뤄졌고 동시에 이순신의 생애에 대한 분석도 이루면서 그가 역사에서 정말로 보기 힘든 인물이라는 것을 사람들에게 알렸다.

일찍이 미국에서 동양사를 연구했던 교수가 남긴 인터뷰가 있었다.

우리에게는 그랜트 장군이 있고 유럽에는 넬슨 제독과 나폴레옹, 알렉산더와 같은 뛰어난 군 지휘관이 있습니다. 그리고 동양에는 가까이로는 이원회, 유성혁, 중세시대에는 칭기즈칸과 같은 인물이 있죠.

하지만 저는 그중에서 고려의 이순신을 최고의 지휘관으로 여깁니다. 그 이유는 가장 어려운 시기에, 그것도 군주마저 등 돌린 상황에서 반역의 죄를 묻는 상황을 딛고 일어서서 모든 사람들이 패할 것이라고 여긴 전투에서 승리했기 때문입니다.

만약 그가 모든 지원을 등에 업고 원정에 나섰다면 이야기가 달라졌을 겁니다. 칭기즈칸을 따랐던 수부타이처럼 수많은 전투에서 승리했을 것이고 일본을 비롯해 수많은 나라들을 정복했을 겁니다. 물론 고려의 민족성을 생각했을 때 그렇게 하지 않았을 가능성이 매우 높지만 말입니다.

앞으로 전사를 논하는 데에 있어서 이순신에 대한 이야기가 빠져선 절대 안 될 겁니다. 그의 전략과 전술은 군사대학교에서 다뤄져야 합니다.

영화 관람 유무와 상관없이 기사를 읽은 사람들은 하나

같이 이순신에 대한 관심을 표시하고 그가 이룩했던 23전 23승에 대한 신화적인 전적에 대해 감탄했다.

그리고 미 해군사관학교에서 이순신의 전사를 공부하는 과목이 신설됐다는 소식이 작은 기사로 실렸다.

다시 큰 파도가 일어나기 시작했다.

미국 영화인들이 술렁이는 가운데 엑소더스와 히어로가 유럽의 영화관에서 상영을 시작했다는 소식이 알려지기 시작했다.

*   *   *

집에서 성한이 커피를 마시면서 신문을 읽었다. 센트럴 파크가 잘 보이는 거실 소파에 앉아서 쉬고 있을 때 하교한 정호와 혜민이 집에 들어왔다.

밖에서는 영어를 사용했지만 집에서는 무조건 조선말이었다.

"다녀왔습니다~"

"그래. 왔니?"

신문에 시선을 고정한 채 성한이 인사를 받아줬다.

두 아이가 성한에게 가서 한번 더 허리를 굽히면서 인사하고 자기 방으로 들어가서 옷을 갈아입었다.

이후 거실로 와서 성한 앞에서 쭈뼛쭈뼛 섰다.

"음? 왜?"

성한이 두 자녀에게 물었다. 그러자 정호가 조심스럽게

말했다.

"아버지."

"왜?"

"저, 영화가 보고 싶어요."

"영화?"

"친구들이 히어로가 보고 싶어 해서… 혹시 표를 구할 수 없을까요?"

전미가 열광하는 영화였다. 때문에 쉽게 표를 구할 수 없는 영화였다.

정호의 말에 동생인 혜민도 표를 구하고 싶다고 말했고 자녀들의 말에 성한이 웃으면서 이야기했다.

"그래. 아버지가 표를 구해 보마. 몇 명이지?"

"13명이에요. 아버지."

"13명… 혜민이는?"

"21명이에요."

"오빠보다 친구가 많구나? 표가 생기면 알려줄게."

"감사합니다! 아버지! 됐어!"

"후후후."

정호와 혜민이 매우 기뻐했다. 그리고 방으로 들어가서 자기 일을 보기 시작했다.

성한은 계속해서 신문을 읽었고 다시 현관문이 열리면서 지연이 집에 들어왔다.

일을 마치고 와서 애들부터 챙겼다.

"애들은?"

"집에 왔어."

"당신은 뭐해, 지금?"

"뭐하긴. 신문 읽고 있잖아."

"무슨 좋은 소식이라도 있어?"

"유럽에서도 충무공이순신의 영화가 개봉됐어. 신문에서 기사를 다루는데 아무래도 조선이 영화로 세상을 정복할 것 같아. 유럽에서 난리가 일어났어."

성한이 든 신문 안에 영화관 앞에 줄을 선 관람객들이 사진으로 찍혀서 기사로 실려 있었다.

그들은 프랑스인으로, 프랑스 영화관을 조선 영화들이 정복하고 있었다.

영화관 앞에 줄 선 프랑스인들이 투덜거리면서 표를 구하지 못할까봐 전전긍긍했다.

"이러고도 못 구하는 거 아냐?"

"말이 씨가 돼. 그러니까 아무 말 하지 마."

"빌어먹을… 어제도 이렇게 줄 섰는데 못 구했는데……"

상영관이 부족했다. 부족한 가운데 입소문은 프랑스 전역을 휩쓸고 있었고 사람들은 조선의 영화를 보려고 안간힘을 썼다.

단관 영화관밖에 없는 유럽에서는 어떻게든 상영관을 늘여보려고 안간힘을 썼다.

조선으로부터 자기선 재생기와 영출기, 색상 영사기를

수입하려고 애썼지만 수요가 넘쳐서 쉽게 구할 수 없었다.

무엇보다 미리 영화관을 확장하지 못한 것이 문제였다.

그것에 대한 영화관 소유주들이 한숨을 쉬었다.

그들은 조선과 미국에서 다관 영화관이 미리 건설되었다는 것을 얼마 전에 알았다.

아쉬움이 클 수밖에 없었다.

"물이 들어왔을 때 노를 저어야 하는데……."

"물이 들어오면 뭐해, 노가 없는데… 미리 이런 일을 준비 못 한 게 잘못이지……."

"이렇게 큰돈을 벌 수 있는 기회를 날리다니……."

세간의 관심을 한번에 끌어 모으는 영화의 등장은 영화관에 큰 수익을 안겨주는 일이기도 했지만 그 주변에 자리 잡은 상인들에게도 목돈을 안겨주는 일이었다.

그러나 그런 준비가 아직 덜 되어 있었다.

그 틈을 조선이 파고들었다.

프랑스의 정권이 바뀌었고 푸앵카레에 이어서 '폴 데샤넬'이 대통령이 되었다.

그는 전쟁을 치르고 다시 일어서는 프랑스의 경제를 크게 부흥시키고픈 대통령이었다.

그리고 '알렉상드르 밀랑'이 총리가 되어 그를 보좌했다.

새로운 프랑스 정부에 관한 문서가 총리부 회의실에서 이상재 앞에 놓였다.

문서를 보고 이상재가 장성호에게 물었다.

"뭡니까? 이것은?"

장성호가 말했다.

"불란서 정부에 대한 분석 보고서입니다. 불란서의 신임 대통령이 경제를 크게 활성화시키고자 합니다. 그리고 그 옆의 문서는 불란서에 진출한 우리 영화에 대한 불란서 국민에 대한 반응입니다. 제가 그 두 문서를 문체부대신께 어째서 보여드린 것인지 아실 거라 생각합니다."

두 문서를 보고 이상재가 미소를 지었다.

"지금 조선에서 건설되고 있는 백화점과 영화관을 불란서에 진출시키자는 이야기입니까?"

"그렇습니다. 지금이 바로 때입니다. 지금만이 진출 시킬 수 있습니다."

두 사람의 뜻이 맞았다.

"알겠습니다. 남강상사의 이 사장과 이야기 해보겠습니다."

"저는 폐하께 고하고 외부 통상부 대신에게 이야기 하겠습니다."

"예. 특무대신."

미래에 멀티플렉스라 불리는 쇼핑문화 시설이 조선에 건설되고 있었다.

남강상사의 자회사인 남강백화점과 남강영화에서 그것을 주도하고 있었고 조선에 건설을 함과 동시에 프랑스 진출에 관해서도 추진하기 시작했다.

며칠 뒤 프랑스주재 조선 공사가 프랑스 총리를 만났

다.

그리고 총리인 밀랑이 데샤넬을 만나서 조선 공사와 이야기한 것들을 말했다.

데샤넬이 크게 흥미를 보였다.

"우리 프랑스에 고려가 백화점을 진출시키겠다 말이오?"

"예. 각하."

"백화점은 우리가 지으면 되지 않소?"

"그래도 되지만 고려에서 말하는 백화점은 영화관과 합쳐진 백화점이라고 합니다."

"뭐…뭐요?"

"1층부터 7층까지는 백화점. 8층은 레스토랑. 9층을 영화관으로 짓겠다고 합니다. 그리고 상영관도 6개 이상 되는 대형 영화관입니다. 이것을 고려가 제안했습니다."

"맙소사……."

이야기를 듣고 데샤넬이 말했다.

"그런 백화점이 프랑스에 진출하면 우리 상인들과 영화관 소유주들이 망하지 않소?"

데샤넬의 우려에 밀랑이 고개를 가로저었다.

"그렇지 않습니다."

"어째서 말이오?"

"어차피 고려의 백화점과 영화관은 파리나 마르세유 같은 도시에 지어지고, 현재 고려 영화를 상영하면서 넘쳐나는 관람객을 감당하지 못하는 상황입니다. 때문에 넘쳐나

208

는 수요를 고려 영화관이 감당할 겁니다. 무엇보다 관람객이 영화를 볼 수 있어야 영화관 주위의 상인들도 웃을 수 있는데 지금은 영화관이 수요를 감당하지 못하니 상인들 또한 더 많은 손님을 응대하고 싶어도 그럴 수 없는 상황입니다. 물론 전보다 많은 수익을 거두고 있지만 눈앞에서 놓치는 돈 때문에 매우 아쉬워하고 있습니다. 만약 고려 백화점이 문을 열고 그 안에 우리 상인들이 입점할 수 있다면…….”

“관람객들은 관람객대로 영화를 볼 수 있고 백화점에서 돈을 쓸 테니 우리 상인들도 큰 수익을 거두겠군!”

“맞습니다. 각하. 고려가 제안해온 것은 상생이었습니다. 그들도 돈을 벌고 우리 상인들도 돈을 벌 수 있는 길입니다. 앞으로 색상과 음성이 함께 나오는 영화가 주가 될 것인데 그 설비와 장비를 만드는 나라가 고려입니다. 고려의 백화점을 허락한다면 그 또한 빠르게 도입할 수 있습니다. 지금 전국 영화관들 중에 그런 장비를 도입한 영화관이 별로 없습니다. 장비를 도입해서 고려 영화를 상영하는 영화관은 떼돈을 벌지만 그러지 못한 영화관은 파리가 날리고 있습니다. 그들을 구해주셔야 합니다.”

밀랑의 이야기를 듣고 데샤넬이 곰곰이 생각하다가 고개를 끄덕였다.

조선 공사의 제안을 받아들이기로 했다.

“좋소. 외무부장관에게 이야기할 테니 고려의 백화점을 들이겠소. 그리고 우리도 그런 백화점을 배워서 지을 수 있도록 준비하시오."

"예. 각하."

프랑스를 우선으로 세우기보다 국민의 경제를 우선으로
여겼다.

약한 것을 감추는 것이 지혜라고 해도 그것을 공개하고
이기려 하는 것은 용기였다.

프랑스 정부의 허가가 떨어졌고 그 사실이 조선 조정에
전해졌다.

김인석과 장성호가 총리부 회의실로 향하면서 이야기했
다.

"프랑스 진출이 결정됐군. 국수주의에 민족주의까지 가
득한 시대에선 대단한 성과야."

"전쟁으로 피폐해진 프랑스의 경제를 살릴 수 있는 중요
한 요소 중 하나로 본 것이니 말입니다. 프랑스 대통령 입
장에서는 물불을 가릴 수 있는 상황이 아닙니다. 그래서
저번에 문화재 환수도 이뤄졌고 말입니다. 상권을 부양할
수 있는 길을 택한 겁니다."

"우리가 최초로 멀티플렉스를 수출하다니, 참으로 기대
가 되는군. 어쨌든 잘해보세."

"예. 총리대신."

기대를 안고 회의실로 들어갔다.

안에 이상재와 민영환이 있었고 프랑스 진출을 준비하는
이승훈이 있었다.

그들로부터 인사를 받고 악수를 한 뒤 착석했다.

장성호가 이상재를 통해서 이승훈의 사업계획서를 받고 확인했다. 그리고 피식 웃었다.

"지하 주차장을 두겠다고요?"

"예. 특무대신."

"하긴, 앞으로도 계속 차가 많아질 테니 넓은 지하주차장을 두는 나쁘진 않을 것 같습니다. 그리고 하는 김에 지하철역이 있다면 역과 연결통로도 뚫는 게 좋을 것 같습니다."

"그 부분은 뒷장에 있습니다."

"아, 여기 있군요. 정말 좋은 생각을 하셨습니다."

"감사합니다."

남강상사의 인재들이 모은 생각이었다. 그리고 이승훈 나름대로의 재치가 담겨 있었다.

프랑스주재 조선 공사가 전했던 계획과 동일하면서도 몇 가지가 추가된 사업계획서였다.

그것만으로도 충분히 성공할 것이라고 예상했다.

그러나 장성호는 그 이상을 보고 있었다.

그의 미소를 보고 김인석이 물었다.

"쏟아 부을 것인가?"

그리고 장성호가 대답했다.

"그렇게 해야 하지 않겠습니까? 조선에서도 그렇고 불란서에서도 격이 다르다는 것을 보여줘야 합니다."

이야기를 듣고 이승훈이 불안해하면서 물었다.

"뭔가 부족한 것이 있습니까?"

다시 장성호가 말했다.

"부족한 것은 아니고, 생각난 것이 있어서 말씀드리려고 합니다."

"어떤 것을 말입니까?"

"대형서점과 한증막, 온천, 미술과 음악을 가르쳐주는 문화교습소, 기업 회의실, 식료품 매장을 포함해 다양한 것이 백화점에 있으면 어떨까 합니다. 심지어 머리와 외모를 가꿀 수 있는 미용원까지 말입니다. 그러면 영화 관람객들이 백화점에서 많은 것을 누릴 수 있지 않겠습니까?"

"아!"

"우리 책을 서점에서 팔고, 우리 미술과 음악, 음식을 팔수도 있습니다. 백화점은 우리 것을 서양 사람들에게 알리는 장소가 될 것입니다. 이에 대해서 어떻게 생각합니까?"

장성호의 의견을 듣고 이승훈이 감탄했다.

"대, 대단하신 생각입니다! 제가 감히 생각지 못한 것입니다! 저는 그저 장사로 돈을 버는 것만 생각했지, 아니 그 것을 생각하긴 했지만 그조차 특무대신의 생각보다 못한 것 같습니다! 국위선양까지 생각하신 특무대신의 말씀에 감탄을 금하지 못하겠습니다!"

장성호가 겸손을 드러냈다.

"그냥 제 생각만 말씀 드렸을 뿐인데, 이렇게 과찬해주시니 몸 둘 바를 모르겠습니다. 제 생각에 동의해주시니 너무나 기쁩니다. 세 분의 의견도 듣고 계획을 진행시킵시다."

"예! 특무대신!"

장성호와 이승훈이 세 사람을 쳐다봤다.

그러자 민영환과 이상재, 김인석도 두 사람의 생각과 의견에 동의했다.

"동의합니다."

"더 나은 생각이 나질 않네. 그대로 하면 될 것 같네."

김인석의 이야기를 듣고 장성호가 고개를 끄덕였다. 그리고 이승훈에게 말했다.

"장사가 뭔지 제대로 보여줍시다."

"예! 특무대신!"

조선회사의 백화점이 지어질 것이라는 소식이 세상에 알려졌다.

프랑스 사람들이 신문으로 그 사실을 알고 크게 놀랐다.

그들이 소망하는 영화관 건설을 프랑스가 아닌 조선이 이뤄주고 있었다.

"상층에 영화상영관을 두는 백화점이라니? 맙소사, 생각조차 못 했어!"

"우리 회사가 아니라 고려의 회사인데 괜찮은 거야?"

"고려와 우리에게 함께 좋은 일이라는데?"

"어째서?"

"고려는 돈을 벌고, 우리 상인은 장사를 할 수 있잖아. 이건 우리에게 일자리를 만들어주는 일이라고. 무엇보다 고려 영화를 보기 위해서 백화점에서 물건을 살 수 있다나 봐. 이건 정말 좋은 일이야."

"단관이 아니라 6개 관 이상의 다관 상영관이라니, 어떻게 이런 걸 생각했지? 참, 나."

여러 개의 상영관으로 더 많은 사람들이 영화를 볼 수 있게 한다는 계획이 기사로 실렸다.

그것을 통해서 많은 유동인구가 발생하고 그 인구가 백화점에서 물건을 구매하고 프랑스의 상업이 활성화될 것이라는 내용도 함께 실렸다.

거기까지는 식견이 있는 프랑스 사람들이 상상할 수 있는 수준이었다.

그러나 그 이상이 있었다.

"대형서점에 문화교습소와 온천이라니?"

"뭔가 엄청난 일이 벌어질 것 같아."

머릿속으로 상상할 수 없는 일이었다.

직접 눈으로 보기 전까진 그것이 무엇인지 쉽게 와 닿지 않았다.

오직 시간이 해결해줄 일이었다.

* * *

파리에서 남강백화점 건설이 착공되는 순간 미국에서는 조선에서 수입된 로맨스 영화가 개봉했다.

어린 시절에 함께 지냈던 남녀 아이가 헤어졌다가, 후에 커서 다시 만나 연인이 되고 주변의 방해에도 사랑을 이뤘는데 끝내 여자아이가 남자아이의 등에 업혀서 죽는 내용이었다.

그로 인해 영화관은 눈물바다가 되었다.

남녀를 가리지 상영관에서 나오는 관객들이 눈물을 훔쳤다.

"세상에 이렇게 슬픈 영화는 처음 봐……."

"나는 두 사람이 행복하게 결혼하는 줄만 알았어……."

"흑흑……."

손수건은 필수라는 기사가 신문에 실렸고 사람들은 그런 기사 때문에 더욱 호기심을 가질 수밖에 없었다.

그 와중에 조선 영화는 자본만을 앞세운 영화라고 폄하한 기사가 신문에 실렸다.

그 신문을 본 관람객들은 크게 분노할 수밖에 없었다.

자신들이 느꼈던 감정을 사기라 말하는 것처럼 인식했다.

"고려가 돈줄을 앞세운 대작 영화만 만든다고?"

"돈이 없으면 영화다운 영화를 만들 수 없을 거라니, 웃기고 있네!"

"대체 어떤 미친놈이 이런 기사를 쓴 거야?"

고려 영화에 대한 비난을 자신들의 비난이라고 생각했다.

때문에 직접적으로 행동에 나서는 사람들도 있었다.

해당 기사를 쓴 신문사에 편지가 날아들었다.

기사를 쓴 기자가 편집부장에게 불려갔고 그 앞에서 호된 질책을 들어야 했다.

콧수염이 고약해 보이는 부장이 펼친 편지를 책상 위에 던지면서 말했다.

"편지에 뭐라고 쓰여 있는지 확인하게. 한번만 더 그딴 식으로 기사를 쓰면 신문사를 불 지르고 자네와 사장님을 총으로 죽일 거라고 쓰여 있네. 다시는 그런 기사를 쓰지 말게."

"아니, 기자로서 자유롭게 기사도 못 씁니까?"

"분위기도 봐가면서 쓰게! 모두가 고려의 영화를 극찬하고 있는데, 고려 영화는 자본의 힘을 빌렸을 뿐이라면서 돈만 있으면 그런 영화는 얼마든지 만들 수 있다고 한 기사를 자네는 진정 사실이라고 생각하는가? 이번에 흥행한 영화가 그런 영화였는가? 사실에 근거한 기사도 아니고, 순전히 자네 기분을 구독자에게 세뇌시키려고 쓴 기사가 아닌가?! 그러니 이런 편지가 무려 수백 통이나 날아들지!"

"……."

"어쨌든 자중하고 앞으로 똑바로 써! 한번만 더 이런 편지가 날아들었을 땐 사장님께 건의해서 자넬 해고시킬 것이네! 알겠나?!"

"예… 부장님……."

"가보게!"

경고를 듣고 기자가 편집부장실에서 나갔다.

그저 조선에 대해서 근거 없는 반감으로 기사를 썼던 기자들이 지탄 받고 그들의 목소리가 줄어들었다.

　계속해서 조선의 영화에 대한 극찬이 이어졌다.

　영화인들은 엑소더스와 히어로 같은 영화를 만들 수 있기를 소망했다.

　플레밍이 뉴욕에서 성한을 만났고 함께 식사를 한 뒤 차를 마셨다.

　그리고 뭔가 할 말이 있는 모습을 보이자 성한이 먼저 물었다.

　"뭔가 하고 싶은 말이라도 있습니까?"

　그 물음에 플레밍이 작심하고 말했다.

　"저… 고려로 가고 싶습니다. 존스씨."

　"고려에 말입니까?"

　"예."

　"어째서 고려에 가고 싶은 겁니까? 여기서도 영화는 얼마든지……."

　"고려에 가야 뛰어난 영화를 만들 수 있기 때문입니다."

　"……."

　"엑소더스나 히어로, 그리고 이번에 개봉한 영화까지… 고려에선 정말 좋은 영화를 만들 수 있고 특히 제주도라 불리는 곳에 가서 영화를 만들고 싶습니다. 영화 제작을 위한 모든 것이 그곳에 있다고 들었습니다. 그래서 가려고 합니다."

　플레밍의 소망에 성한이 의미심장하게 미소 지었다.

성한은 플레밍에게 유념해야 할 것을 알려줬다.

"고려에서 영화를 만들려면 고려말을 배워야 합니다."

"알고 있습니다. 당연히 그렇게 해야 한다고 생각합니다."

"배우들도 고려 배우를 써야 합니다. 때문에 영어가 아닌 고려 말로 대사를 외야 하는 영화를 만들어야 합니다. 그렇게 할 수 있겠습니까?"

"물론입니다. 그렇게 해서라도 최고의 영화를 만들 것입니다. 엑소더스를 뛰어넘는 영화를 만들 것입니다."

결의를 듣고 성한이 또 한번 미소 지었다.

그리고 고개를 끄덕이면서 그에게 조선으로 가라고 말했다.

"좋습니다. 그럼 고려로 가십시오."

"태백영화사는 괜찮겠습니까?"

"수입 상영작도 있고, 앞으로 젊은 연출자에게 기회를 허락할 수 있습니다. 대신 플레밍 감독은 고려에 가서 반드시 성공하기 바랍니다. 제주도에서 만든 영화로 말입니다."

"예! 존스씨!"

"건승하길 빌겠습니다."

"감사합니다!"

성한의 응원에 플레밍이 기운을 얻었다.

그는 최고의 영화를 만들기 위해서 비둘기라 불리는 여객기를 타고 조선으로 향했고 성한이 소개해 준 이태성이라는 사람을 만나 통역원을 통해 그와 많은 이야기를 나눴다.

그리고 태성과 함께 제주도를 돌아보기 시작했다.

거주민이 없는 시가지 안에 들어가서 주위를 돌아보고 놀라게 됐다.

"여긴, 설마 엑소더스에서 나왔던 곳입니까?"

"예. 맞습니다. 엑소더스에서 배경으로 쓰였던 조선 시가지입니다. 조선에서는 거의 현지 촬영을 하는 경우가 많지만 이렇게 배경을 위해서 시가지를 따로 건설해 놓기도 합니다. 이 시가지는 다른 영화에서도 쓰입니다."

"맙소사."

작은 도시를 통째로 만들었다는 생각에 플레밍이 경악을 금치 못했다.

한 곳에선 장인들이 새로 영화를 찍기 위해서 소품을 제작하고 있었다.

그 소품은 사람이 입는 옷부터 건물에 걸리는 장식까지 다양했다.

심지어 1대 10으로 줄인 모형을 만들어서 그 사이로 촬영기라 불리는 카메라가 지나가는 촬영기법도 선보였다.

모든 것이 미국에서 촬영하는 것보다 수십년은 앞선 기법 같았다.

플레밍의 판단은 틀리지 않았다.

'여기야! 여기야말로 내 꿈을 이룰 수 있어! 역시 고려에

오길 잘했어!'

제주도에서 그의 꿈이 이뤄지기 시작했다.

그리고 그 꿈을 수많은 영화 연출가와 배우들이 꾸기 시작했다.

히어로에 왜장으로 출연했던 일본 배우들이 제주도로 향했고 중국의 영화감독과 배우들도 조선의 영화배우가 되기 위해서 제주도로 향했다.

그리고 오즈의 마법사에 출연했던 일부 배우들도 조선으로 향했다.

더 이상 제주도는 농산품과 관광업으로만 먹고 사는 섬이 아니었다.

영화 산업은 제주도의 새로운 미래가 되었고 조선의 운명을 개척하는 가장 위대한 섬이 되고 있었다.

그곳에서 만화영화라 불리는 새로운 문화산업이 꿈틀거리기 시작했다.

발해영화사에 이어 '고구려 만화영화'라는 회사가 설립되고 거기에 그림에 재능이 있는 사람들이 입사했다.

장성호가 성한과 통신기로 교신했다.

"자본을 폐하께서 대어주시고 통신장이 영화사 아래에 만화영화 제작 회사를 설립했습니다. 그곳에서 현재 만화영화를 만들고 있습니다."

―완성되면 태백영화사를 통해 미국에서 개봉해도 되겠군요. 어떤 내용입니까?

"흥부와 놀부입니다."

─흥부와 놀부요?

"예. 권선징악이 명확하고, 끝내 욕심 많았던 형도 뉘우치는 이야기가 누구에게도 부담이 없습니다. 사람을 웃기게 만들 수 있는 장면도 많고 말입니다. 통신장이 감독하고 있습니다."

─최근에 특이한 인물이 제주도로 가서 입사했다면서요?

"통신장이 미국으로 가서 영입했습니다."

─누구입니까?

"월트 디즈니입니다."

─네?

"월트디즈니사를 창업한 사람을 고구려 만화영화에서 영입했습니다."

─진짜입니까?

"진짜입니다."

─맙소사.

장성호의 이야기를 듣고 성한이 귀를 의심했다.

그리고 디즈니가 조선의 만화영화 제작사의 일개 직원이 됐다는 이야기에 충격을 받고 아무 말 못하다가 크게 웃음을 터트렸다.

─푸하하, 정말 기막힌 일이 벌어졌군요!

"예. 과장님."

─앞으로 우리 만화영화가 세상을 차지할 것 같습니다. 그 기반을 잘 닦아봅시다.

"알겠습니다."

조선의 미래가 바뀌면서 다시 누군가의 미래가 크게 바뀌게 됐다.

미국의 모든 영화 산업을 휩쓸고 인수했던 한 만화영화 제작 회사가 있었다.

그 회사의 미래가 천군으로 인해서 지워졌다.

조선의 영광 속에서 그 미래가 다시 탄생했다.

미국의 문화를 상징하는 캐릭터의 주인이 바뀌었다.

문화 공격을 준비하다

프랑스에 이어 영국을 비롯한 전 유럽에서 조선 영화가 개봉했고 흥행을 이어갔다.

연일 영화관에서는 사람들이 표를 사기 위해 장사진을 벌였고, 많은 사람들이 표를 구하지 못해서 집으로 돌아가 거나 시간만 낭비하고 자신의 할 일을 하러 영화관 앞에서 떠났다.

계속되는 희소식이 조선에 날아들었다.

그에 장성호와 민영환이 이희를 알현했다.

두 사람이 서양에서 일어나는 일을 알려줬고 이희가 미소 지었다.

활을 쏘면서 두 사람과 이야기를 나눴다.

"우리 영화가 서양에서 크게 흥행하고 있으니 짐도 매우 기쁘다. 그것도 우리의 역사와 정신을 알리면서 말이다."

"신들도 매우 고무되어 있습니다."

"전에 만화영화라는 것도 봤는데 그림이 움직이는 것이 매우 신기하더군. 영화와는 다른 재미가 있었다. 이번에 미국에도 수출되어서 개봉된 것으로 아는데 어떠한가?"

"그 만화영화의 표현으로 대박이 터졌습니다. 남녀노소 할 것 없이 보겠다고 영화관에 몰려들고 있습니다. 태백영화사의 대주주가 폐하이신 만큼 지분을 나눠도 어차피 황실에서 거둬들입니다. 감축 드립니다. 폐하."

장성호와 민영환이 허리를 굽히면서 축하의 말을 건넸다.

이희가 두 사람의 축하를 받으면서 통에서 화살을 꺼내 시위를 장전했다.

그리고 멀리 떨어진 과녁을 향해서 화살을 쐈다.

퉁!

"관중이오~!"

과녁을 확인하는 무장이 크게 소리쳤다.

자신의 활쏘기 실력에 만족한 이희가 활을 내렸다. 그리고 두 사람에게 물었다.

"아라사는 어떤 상황인가?"

민영환이 대답했다.

"백군의 총사령관인 알렉산드르 콜차크가 생포되어서

처형당한 뒤로 볼셰비키의 적군이 승승장구하고 있습니다. 아마도 1, 2년 안에 백군을 포함한 반 볼셰비키군이 진압될 것이라고 예상합니다. 아라사 공산당이 이길 겁니다."

"백군이 진압되면 볼셰비키 나름대로 내실을 다지려 하겠군."

"예. 폐하."

"백군을 지원하던 서양 열강국들만 우습게 됐다. 해서 문화를 육성해서 그들을 무너뜨려야 된다고 경들이 주장했는데 언제 그것을 실행할 것인가? 짐은 지금이라고 생각한다만?"

환갑을 넘기고 칠순을 바라보고 있었다. 몸은 많이 노쇠했지만 정정했다.

때문에 활쏘기 정도는 충분히 즐기고 심신을 단련할 수 있었다.

이희가 두 대신에게 묻자 장성호가 대답했다.

"폐하께서 영명하신 판단을 하셨습니다. 지금이야말로 우리의 선제공격을 이뤄야 할 시점입니다."

"우리 영화를 아라사에 침투시킬 것인가?"

"예. 폐하. 전략적으로 영출기와 자기선 재생기의 밀수를 허락할 것입니다. 정보국 차원에서 이를 실행할 겁니다. 아라사에 우리가 이길 수 있는 씨앗을 뿌릴 겁니다."

총성 없는 전쟁을 기획했다.

그리고 그 전쟁에서 최종적으로 승리할 수 있는 기반을

다지려고 했다.

칼보다 붓이 더 큰 힘을 발휘할 수 있었다.

"경에게 모든 것을 위임하겠다."

"예! 폐하!"

이희의 황명을 받아 장성호가 전장을 구축하기 시작했다.

그는 은퇴한 최만희에 이어 서라벌상사의 회장이 된 최현식과 남강상사의 이승훈을 만났고 두 사람에게 볼셰비키를 견제하는 전략에 대해서 설명했다.

이승훈이 장성호에게 물었다.

"저희들의 장비와 영화가 필요하단 말씀입니까?"

"그렇습니다."

"그것으로 아라사의 볼셰비키를 무너뜨릴 수 있는 겁니까?"

"당장은 아니지만 언젠가 결정적인 힘으로 작용할 겁니다. 그리고 반드시 볼셰비키의 거짓말을 밝혀낼 것입니다. 평등을 주장하면서 자신들부터 평등하지 않은 모순을 말입니다. 인간성을 무시하고 현혹한 자들의 죄를 밝혀낼 겁니다."

볼셰비키가 노력한 자들의 성과를 무시한다는 것을 두 회장이 알고 있었다.

두 사람은 장성호가 국장을 겸하는 정보국에 협조하겠다는 뜻을 밝혔다.

"협조하겠습니다."

"조선과 세상을 위한 일입니다. 볼셰비키가 일으킬 혼란에 무고한 사람들이 해를 입지 않도록 만들 겁니다."

두 사람의 의지에 장성호가 고개를 숙였다.

"감사합니다. 장비 구매와 자기선 구입에 관해서는 정확히 값을 치르겠습니다. 정말 감사합니다."

어쩌면 복제가 이뤄질 수도 있다고 말했다.

하지만 최현식과 이승훈은 그것을 감수할 것이라고 말했다.

두 사람을 통해 영화 상영을 위한 기물이 정보국에서 구매되었고 이내 요원들을 통해서 동유럽으로 전해졌다.

아직 러시아 적군과 백군의 전쟁이 한창이었다.

그러나 기세를 높인 적군은 백군의 전세를 크게 앞서고 있었고 후방 부대는 어느 정도 여유를 가지기 시작했다.

적군의 한 장교가 마차에 무언가를 싣고 부대로 돌아왔다.

천막에서 휴식을 취하던 장병들이 나와서 그를 맞이했고 수레에 실려 있는 것에 대해서 관심을 나타냈다.

"대대장님. 그건 뭡니까?"

하급 장교의 물음에 붉은색 완장을 찬 장교가 대답했다.

"영출기, 그리고 자기선 재생기일세."

"예?"

"어차피 전투도 없이 쉬고 있는데 무료함을 달래려고 가지고 왔네. 보면 알 거야. 이게 얼마나 대단한 것인지 말이야. 자네들도 나처럼 놀라게 될 것이네."

러시아 내전이 치러지던 와중에 신생으로 독립한 폴란드가 볼셰비키가 통제하는 러시아로 진격했다.

그리고 징집령을 내린 볼셰비키군에게 패퇴했고 동쪽의 백군과 적군이 교전을 벌이는 동안 전투가 소강상태에 접어들었던 러시아 서쪽 전선에서 은밀한 거래가 이뤄졌다.

러시아 땅으로 조선의 영출기와 영화가 밀반입됐다.

전등이 설치된 건물 안에서 전선을 새로 깔고 함께 밀반입된 작은 변압기에 선을 연결시켰다.

영출기가 빛을 발하고 소리를 내기 시작했다.

자기선 재생기가 작동하고 검은 화면에서 사진이 나타나 움직이기 시작하자 의자에 앉은 장병들이 놀랄 수밖에 없었다.

"세상에!"

"이게 뭐야?!"

영사기로 상영됐던 흑백 영화조차 구경 못했던 장병들에게 크게 충격이 가해졌다.

조선 해군 함대가 나타나서 영출기 안에서 함포를 쐈고 울려 퍼지는 포성이 방 안에 가득 채워져서 적군 병사들의 가슴을 뒤흔들어 놓았다.

그리고 전차가 질주하며 방어선을 구축한 독일군 진지를 뭉개버렸다.

조선 특임대 대원들이 인질로 사로잡힌 조선인과 미국인들을 구하고 영화 마지막에 달려온 전차부대로부터 구조를 받는 장면으로 대미가 장식되었다.

영화를 보는 내도록 장병들은 와 하는 소리밖에 내질 못했다.

그들이 경악한 반응에 영출기와 영화를 밀반입한 대대장이 크게 만족했다.

영화 감상을 마친 중대장이 대대장에게 물었다.

"대대장님… 이게… 뭡니까……?"

그리고 대답을 들었다.

"영화다."

"영화라고요……?"

"그래. 고려에서 만든 영화인데 엄청 재밌어서 너희들에게 보여주려고 가지고 왔지. 안 그래도 심심했는데 말이야. 그래서 어때, 대단하지 않아?"

"대, 대단합니다!"

"이것 말고 다른 것도 있는데, 더 보겠나?"

"더 있습니까……?"

"당연하지."

"보여주십시오!"

"그래. 한 편 더 보고 잠시 쉬도록 하세. 이것도 오래 보니까 눈이 피곤하더군. 이번에는 히어로일세. 고려 명장의 이야기일세. 이걸 보면 정말 대단하다는 생각밖에 들지 않을 것이네."

실제 전쟁터와 영화 속의 전쟁은 전혀 달랐다.

앞의 전쟁은 자신이 목숨을 잃을 수 있는 전쟁인데 반해, 후자의 전쟁은 절대 목숨을 잃지 않는 그저 오락거리에 불과했고 대단한 이야기를 감상하는 것밖에 되지 않았다.

밀수된 영화는 러시아말로 자막 처리가 되어 있었다.

글을 알아볼 수 있는 적군 병사가 감상 도중에 동료 병사들에게 어떤 내용인지 알려줬다.

그리고 충무공이순신의 위대함을 깨닫게 되면서 그가 말도 안 되는 전적을 세웠던 위인임과 동시에 백성을 지키기 위해 임금에게 버림을 받았음에도 고군분투한 사실까지 확실하게 알게 됐다.

동양의 한 위인에게 적군 장병들이 감명 받았고, 동시에 현실감 넘치는 전투 장면에 혀를 내둘렀다.

세상에 살면서 그것과 같은 것을 본 적이 없었다.

마지막으로 조선에서 만든 사랑 주제의 영화를 봤고 여자주인공의 죽음에 장병들이 거의 오열 하다시피 했다.

그리고 재 감상을 한 대대장도 한 번 더 눈물을 흘렸다.

그 후 적군 사이에서 조선에서 온 영출기와 영화가 돌기 시작했다.

서쪽에서 장병들을 놀라게 했던 영출기와 영화는 끝내 모스크바에까지 이르러 레닌의 눈앞에까지 오게 됐다.

크렘린에 위치한 대회의실에서 전선으로 연결된 영출기가 빛을 발하고 있었다.

영출기의 스피커를 통해서 영화에서 일어나는 모든 상황의 효과음과 음악, 배우들의 대사가 울려 퍼졌다.

러시아말로 된 자막이 화면 아래에서 계속 표시됐다.

그것을 보고 영화의 내용을 이해했고 영화를 보는 많은

사람들이 인상을 잔뜩 굳혔다.

특히 트로츠키는 가장 심각한 표정으로 영화를 계속 지켜봤다.

엑소더스와 히어로. 그리고 '여름동화'라 불리는 슬픈 로맨스 영화까지 모두 본 뒤 화면이 꺼졌다.

직후 회의실에서 정적이 감돌았다.

식견 없이 자리만 꿰차고 있는 위원이 의문을 가졌다.

'왜 이렇게 분위기가 무겁지?'

'재밌는 영화인데…….'

주위 눈치를 살피면서 침묵을 지켰다.

굳은 표정을 하고 있던 레닌이 차분하게 입을 열었다.

회의실에 앉아 있던 위원들에게 물었다.

"봤듯이 이 영화는 고려의 영화요. 그리고 현재 우리 적군 장병들 사이에서 떠돌고 있소. 어떻게 생각하오?"

한 위원이 목소리를 높였다.

"부르주아로 가득한 나라의 술책입니다! 고려는 사유재산을 인정하고 지주의 권리를 인정하는 반동 국가며 봉건제 국가입니다! 황제가 존재하는 나라에서 만든 모든 것은 사악합니다!"

다른 위원들도 목소리를 높였다.

"고려엔 여전히 개인이 회사를 차릴 수 있고 경영할 수 있습니다! 이것은 노동자가 얼마든지 노예로 쓰일 수 있음을 뜻합니다!"

"절대 우리와 함께 할 수 없습니다! 주석동지!"

그리고 한 위원이 반론을 제기했다.

"하지만 고려의 황제는 조금 다르지 않습니까? 고려에선 그래도 지주와 부르주아로 불리는 자들이 선행을 베풀고……."

그 말에 다른 대부분의 위원들이 득달같이 들고 일어났다.

"무슨 소릴 하는 거요?!"

"지금 반동 측에 서서 그들을 변호하는 것이오?! 그 말은 볼셰비키를 배신하는 행위요!"

"저자를 위원직에서 파면하셔야 됩니다! 주석 동지!"

조선에 좋은 이야기를 했다가 목이 날아갈 수 있는 상황이 펼쳐졌다.

그 말을 한 위원이 식은땀을 흘리면서 레닌의 눈치를 살폈고 레닌은 눈을 감고 고개를 가로저으면서 그 위원이 크게 잘못하지 않음을 알려줬다.

그저 시각의 차이라고 말했다.

"고려 황제가 다른 나라의 군주나 통치자와 다르다는 것은 나도 인정하오."

"주석 동지?!"

"하지만 문제는 사람이 아니라, 제도요. 고려는 군주제인 만큼 당장 성군이 통치한다고 해도 니콜라이와 같은 자가 통치자가 되면 당장에라도 생지옥이 펼쳐질 수 있소. 때문에 고려에 좋은 점들이 아무리 많아도 우리는 영원불멸이고, 고려는 반드시 망하게 되오. 그러니 그 점을 명확히 전제로 깔고 말한다면 아무 문제가 없소."

"그렇습니다!"

위원 중 누군가가 레닌의 말에 동조했다.

레닌이 계속해서 말을 이어갔다.

"우리는 역사상 가장 뛰어난 제도를 기초로 하여 나라를 세우고 있소. 바로, 만인이 평등하고 모든 소유를 공유하는 나라로 말이오. 그것을 세우기 위해 적을 바로 볼 필요가 있소. 그러니 지금 나온 이야기는 매우 적절하오. 나중에 어떻게 변할지는 모르지만 말이오. 중요한 것은 이 땅에 들어온 고려의 영화에 우리가 어떻게 대처해야 되느냐는 것이오. 이에 대해서 의견이 있다면 말하시오."

레닌이 적군 사이에서 도는 조선 영화를 어떻게 할지에 대해서 물었다.

그의 물음에 스탈린이 입을 열었다. 스탈린은 조선의 고의성에 주목했다.

"주석 동지와 위원 동지들이 보셨듯이 고려의 영화는 누가 봐도 대단한 영화입니다. 서유럽의 흑백 영사기에 음악만 주구장창 나오는 영화와 다르게 온갖 소리가 어지럽게 들리고 심지어 배우들의 목소리마저 나오니 말입니다. 거기에 이야기까지 누가 보더라도 감동 받을 수 있는 이야기입니다. 이런 영화를 보고 빠지지 않으면 그게 사람이겠습니까? 그런데 이 영화에 무려 우리말로 번역이 되어 있습니다."

"자막을 말하는 것이오?"

"그렇습니다. 번역된 자막이 있다는 것은 마치 우리에게 이 영화를 보라고 넣은 것과 같습니다. 게다가 고려의 영화를 볼 때 쓰이는 기계들은 서유럽에서도 쉽게 구할 수 없는 것으로 알고 있습니다. 이런 기계가 어떻게 여기에 와 있겠습니까?"

"고려가 일부러 기계와 영화를 뿌렸다?"

"저는 그렇게밖에 생각할 수 없습니다."

스탈린의 이야기를 듣고 레닌이 고개를 끄덕였다.

그리고 회의실 안의 모든 위원들이 심각한 표정을 지으면서 조선의 의도를 생각하고 알아차렸다.

레닌이 트로츠키에게 물었다.

"혁명군사평의회 주석도 그렇게 생각하시오?"

인민평의회 주석은 레닌이었고 혁명군사평의회 주석은 트로츠키였다.

적군의 군권을 그가 지니고 있었다.

그러나 정치 계급은 레닌보다 아래였다.

평등을 지향하는데 알게 모르게 계급이 있었다.

트로츠키가 레닌에게 대답했다.

"저도 고려가 의도적으로 그들의 영화를 우리에게 보여 준 것이라 생각합니다."

"놈들이 무엇을 노리고 벌이는 일인 것 같소?"

"고려에 대한 선망을 높이는 것, 그들이 대단한 나라라는 것을 보여주면서 우리 장병들뿐만 아니라 인민이 가진 혁명의 의지를 흐리게 만드는 것입니다. 고려인이 되길 소망하게 만들고, 적어도 고려의 제도가 더 낫다는 식으로 인민의 생각을 유도하고 선동할 수 있습니다. 이것은 영국이나 프랑스처럼 적이 반군과 폴란드를 지원하는 것보다 무서운 일입니다. 우리에겐 500만명이나 되는 인민의 군대가 있지만 그들 모두가 싸우기를 거부하게 되면……."

"우리의 혁명이 끝장나겠군……."

"반드시 막아야 합니다. 적어도 고려가 우리와 같은 공산 사회주의 국가가 되지 않는 이상, 그들이 가진 우월함이 절대 인민에게 알려져선 안 됩니다. 설령 알려지더라도 그들의 제도 때문에 파도 앞의 모래성처럼 무너질 수 있다는 것을 알려줘야 합니다. 우리 모두가 사상 무장을 하고 각성해야 합니다. 안 그러면 고려의 전략에 무너질 수 있습니다. 전력을 다해서 놈들의 침투를 막아야 합니다."

트로츠키의 말에 레닌이 고개를 끄덕였다. 그리고 스탈린에게 물었다.

"스탈린 위원."

"예. 주석 동지."

"혁명군사평의회 주석의 이야기에 대해서 어찌 생각하오?"

레닌의 물음에 스탈린이 불가피하게 말했다.

"동의합니다. 고려의 침투를 막아야 우리의 혁명을 완수할 수 있습니다. 놈들의 분탕질을 반드시 막아야 합니다."

두 사람의 의견이 일치됐다.

레닌이 미소를 짓고 고개를 끄덕였다. 그리고 진중한 표정으로 지시를 내렸다.

"이제부터 당 차원에서 고려 영화를 금지하겠소. 이미 그것을 본 장병들에 한해서는 사상 교육을 벌여서 우리 사회주의 제도가 최고의 제도임을 다시 인식시키시오. 고려가 좋게 보이더라도 결국 봉건주의 나라며 부르주아가 존재하는 나라이기에 무너질 것이오. 이를 알리고 앞으로 고려 영화를 몰래 보는 이가 있다면 반동과 반군으로 간주되어 처형될 것이라고 경고하시오. 우리는 평등과 공산 사회주의 혁명을 막는 모든 것을 부수고 배제할 것이오. 인민이라 해서 절대 봐 줄 수 없는 일이오. 이를 나라 전체에 알리시오."

"예! 주석 동지!"

"우리는 마지막까지 대승을 거둘 것이오."

균 하나 없는 깨끗한 나라를 원했다.

그렇기에 갓난아기와 같은 소비에트 사회주의 국가를 지키려고 했다.

레닌의 지시가 트로츠키에게 전해지고 트로츠키가 군 사령관들에게 조선의 영화를 보는 것을 금지시켰다.

또한 그것을 본 장병들에게 사상 교육을 벌이면서 조선은 결국 봉건군주제의 나라며 부르주아의 나라이기에 사람에 따라 지옥이 펼쳐질 것이라고 세뇌시켰다.

또한 만인평등과 재산공유를 법으로 명시한 소비에트만이 나중에 가서 결국 승리하게 될 것이라고 믿게 만들었다.

그리고 러시아에 들어온 조선 영화와 영출기 등을 샅샅이 뒤졌다.

그것을 압수해서 불태웠고 자기선을 잘라 아예 볼 수 없게 만들었다.

전기선이 가설 된 마을과 건물을 집중적으로 단속했다.

금지 조치가 내려진 후에도 영화를 시청하는 사람들을 체포했다.

그들에 대한 처분은 명확했다.

"우리의 공산 사회주의 이념을 위협하는 반동이다! 반동을 처단하여 우리가 겨우 일궈낸 평등을 지킬 것이다! 조준!"

철컥!

"사격!"

총성이 울려 퍼지고 나무기둥에 묶인 사람들이 고개를 떨어트렸다.

호기심에 영화를 시청한 적군 장병들이 처형당했고 심지어 그들과 함께 재밌게 영화를 봤던 일가족이 총살당했다.

그들 중엔 10살도 되지 못한 아이들도 있었다.

그 어떤 불안 요소도 용납하지 않으려고 했다.

신고가 들어올 때마다 체포를 벌였고 물증이 나오면 여지없이 총성을 일으키면서 공포 분위기를 조성했다.

그렇게 볼셰비키가 점령한 러시아에서 조선의 영화가 자취를 감췄다.

그러나 그것은 오직 표면상일 뿐이었다.

사람들의 입에서는 여전히 조선 영화라 입방아가 이뤄지고 있었다.

　"대체 고려의 영화가 뭐가 문제이기에 금지 조치까지 내려진 거야?"

　"에이, 말도 꺼내지 마. 다른 도시에서 그거보다 들킨 반동이 죽었다는 거 못 들었어? 괜히 이야기했다가 화를 자초하지 마."

　"아니, 보는 것도 아닌데 말하는 것도 안 되나? 그냥 궁금해서 그런 거지. 전에 다른 사람에게 듣기론 그저 사랑 이야기라 하더라고."

　"사랑 이야기?"

　"그래. 남자와 여자가 어릴 때부터 아는 사이였는데 헤어졌다가 만나서 사랑하다가 여자가 죽는대나 뭐래나. 여튼 그렇게 들었어. 그게 사실인지는 모르겠지만."

　"……."

　"나는 그게 진짜인지 아닌지 궁금할 뿐이야."

　사람들 사이에서 조선 영화에 대한 소문이 돌았다.

　어떤 소문은 두 남녀의 사랑을 담아낸 영화라는 것과 어떤 소문은 독일에서 조선군이 조선인과 미국인을 구하는 영화라는 것이었다.

　또 하나는 조선 영화를 보면 얼굴에 흉측하게 종기가 돋아난다는 이야기였고, 그래서 볼셰비키에서 그것을 금지시켰다는 이야기였다.

　그 소문을 누가 만들었는지는 알 수 없었지만 적어도 볼셰비키는 아니었다.

사람들은 그 말을 믿으면서 얼굴이 멀쩡하면 영화를 시청하지 않은 것으로 간주했다.

도리어 얼굴에 종기가 난 사람들이 모함을 받았다.

"저 사람이에요! 저 반동이 고려 영화를 시청했어요! 보세요! 이마에 종기가 나 있잖아요!"

"그렇군!"

"어서 체포하세요!"

모함을 받은 사람이 적군 병사에게 붙들리면서 발버둥 쳤다.

"나는 고려 영화를 본적이 없소!"

"시끄러! 이마에 종기가 있잖아!"

"종기가 어떻게 고려 영화를 본 걸로……!"

퍽!

"윽!"

억울해도 어쩔 수 없었다. 반동분자를 색출하는 것은 적군 병사에게 중요한 공적으로 남겨질 일이었기에 신고를 받고 출동하면 반드시 범인으로 몰린 사람을 끌고 가 무자비하게 고문했다.

그리고 거짓 자백을 받아내고 그를 반드시 처형시켰다.

그렇게 얼굴에 종기가 난 사람은 죽지 않기 위해 칼로 종기를 도려냈다.

죽는 것보다 얼굴이 피투성이가 되는 게 나았다.

누구도 조선 영화를 볼 수 없을 것 같은 공포 분위기가 되었다.

반면 얼굴이 멀쩡한 사람들이 밤에 커튼을 치고 숨겨둔 영출기를 몰래 꺼냈다.

그들은 조선의 영화를 보기 위해서 이웃 주민들에게 거짓말을 뿌린 사람들이었다.

얼굴에 종기가 난 사람들에게 적군이 관심을 보이는 동안 참아왔던 영화 시청을 하기 시작했다.

영출기에서 빛이 흩날렸고 앞에 모인 주민들이 입을 벌렸다.

자막이 있었기에 배우들의 대사가 필요 없었다.

소리가 나지 않았지만 그 무엇과도 비교할 수 없는 화려한 영상이 있었다.

조선의 영화를 보면서 주민들이 나지막이 탄성을 터트렸다.

"이게 고려 영화야?"

"대단해……!"

"완전히 미쳤잖아…! 이걸 어떻게 만든 거야……!"

"쉬잇…! 밖에 들리겠어……!"

감탄하다가 소리가 새어나갈까 봐 조심했다.

입을 틀어막으면서 계속 영화를 시청했고 12척의 군함으로 300척이 넘는 일본의 군함을 막아내는 세계 제일의 명장을 알게 됐다.

영화가 끝나자 그에 대한 감탄이 일어났다.

"이순신이라니… 고려에 이렇게 위대한 지휘관이 있었

다니……."

"백성과의 의리를 지킨다는 말이 기억에 남아… 우리에게도 그런 지휘관이 있을까……?"

"있기야 있겠지… 그런데 그렇게 열악한 상황에서는 모르겠어… 배신하고도 남을 텐데……."

"나는 고려의 군주가 그렇게나 나쁜 줄 몰랐어……."

히어로라는 영화를 보고 토론 아닌 토론을 벌였다.

그때 주민들 사이에서 이야기가 오갔고 조선왕에 대한 평가가 이뤄졌다.

세상에 그토록 어리석고 사악한 임금도 없었다.

그런 느낌을 받았을 때 의문점이 생겼다.

주민들 사이에서 이야기가 오갔다.

"고려왕이 지금의 고려 황제의 선조잖아?"

"그렇겠지?"

"그런데 그렇게 나쁘게 묘사할 수 있는 거야?"

"무슨 뜻으로 말하는 거야?"

"생각해 봐. 우리 입장에서는 레닌 주석께서 선조 중에 나쁜 사람이 있었다고 알리는 것이잖아. 그런 일이 지금 고려에서 벌어진 거야."

"생각해 보니 그러네."

"이게 고려의 영화라면 정말로 엄청난 일이 벌어진 거야."

볼셰비키에서 레닌은 위대했다. 그에게 흠이 되는 것은 어떠한 것도 용납되지 않았다.

소비에트 사람들은 레닌을 신뢰하고 있었지만 그런 분위기라는 것도 알고 있었다.

그러나 조선에서는 군주에게 흠이 될 수 있는 일이 용납되고 있었다.

그것도 자신 있게 표현되고 있었다.

그것에 관한 의문이 일어나고 있었다.

그 와중에 조선의 새로운 영화에 관심을 보이기 시작했다.

"이번에는 뭐야?"

"고려에서 새로 영화가 들어왔어."

"어떤 내용인데?"

"하나는 잘사는 형과 못 사는 동생의 이야기라는데 만화영화라고 해. 그림이 움직이는 영화라나 뭐래나. 그리고 이건 최근에 프랑스에서 상영되고 있는 영화야. 여기 흥부전과 똑같은 만화영화고. 이번에는 이걸 볼 거야."

"미행이나 그런 것은 없었지?"

"당연히 없었지. 있었으면 이미 우리는 모두 죽었을걸?"

"하긴."

"어쨌든 조용히 하고 영화나 보자고. 이걸 마지막으로 보고 당분간 또 숨겨야 해. 그래야 단속을 피할 수 있어. 얼른 커튼이나 쳐."

"알겠어."

만화영화가 소비에트에 밀수됐다.

그리고 그것은 화려함과 웅장함을 가진 조선의 영화에 아기자기함을 갖췄다.

작은 쥐가 사람처럼 표정을 짓고 웃다가 울다가 심지어 화내기까지 했다.

그리고 작은 개가 일으키는 사고에 휘말리면서 허탈하게 웃기도 했다.

그것을 보면서 주민들이 배를 잡고 웃었다.

"저 쥐 정말 웃기잖아."

"하하하."

"정말 귀여운 쥐인 걸. 저렇게 예쁜 쥐라면 봐도 싫지 않을 것 같아."

어두운 방에서 오직 영출기에서 뿌려지는 빛만이 방을 채우고 있었다.

사람들의 눈동자에 별빛이 새겨졌다.

사람들은 남녀노소 할 것 없이 웃다가 눈물을 흘리면서 그것을 참으려고 안간힘을 썼다.

입을 막고 소리가 새는 것을 막으려 했다. 그러나 그것이 쉽지 않았다.

심호흡하면서 진정했고 계속 만화영화를 시청했다. 그러다가 집 밖에서 소란이 일어났다.

쾅!

"뭐야……?"

"……?!"

"영출기 꺼! 빨리!"

"……!"

급히 영출기를 끄고 벽장을 닫으려고 했다.

그때 방문이 부서지면서 누군가가 안으로 들어왔고 전등에 불을 밝혔다.

미처 영출기를 숨기지 못한 주민들이 당황했고 들이닥친 적군이 총구를 조준했다.

그들을 지휘하는 완장 찬 장교가 호통을 쳤다.

"쥐새끼 같은 놈들! 어디서 보고 있나 했더니 여기서 보고 있었군! 어서 체포해!"

"예! 대대장님!"

장교의 지시에 장병들이 방에 있던 사람들을 체포하기 시작했다.

이미 도망칠 곳 없는 상태에서 주민들은 도망치기를 포기했고 병사들에게 잡힐 때부터 그저 울음을 터트리며 살려달라고 애원했다.

방 안에 함께 만화영화를 시청했던 아이들이 있었다.

"죄, 죄송합니다! 고려 영화가 뭔지 궁금해서…! 정말 잘못했습니다…! 제발 아이들만큼은……!"

"……."

아이들의 부모가 애원을 했고 그들의 애원을 장교는 차가운 시선으로 지켜봤다.

그리고 허리춤에 차고 있던 권총을 빼들었다.

총구를 부모들에게 겨눴다가 함께 붙들린 그들의 아이들에게 겨누고 방아쇠를 당겼다.

'탕!' 하는 소리와 함께 흉탄을 맞은 아이들이 쓰러졌다.

"미샤! 미샤! 어떻게 이런 일이!"

탕!

"억!"

아이들을 먼저 죽이고, 자녀들의 죽음에 오열하는 아비와 어미의 가슴에 총을 쐈다.

그것을 본 다른 주민들과 아이들은 벌벌 떨 수밖에 없었다.

권총으로 일가를 죽인 장교는 그 어떤 죄책감도 없었다.

"반동이다. 시신이 수습될 자격도 없으니 이대로 두라. 그리고 증거물을 챙기고 집을 불태운다."

"예! 대대장님!"

공산 사회주의를 지키기 위해서 어떠한 짓을 벌여도 용납이 된다고 생각했다.

그것이 곧 평등이라 불리는 위대한 가치를 지키는 길이라고 생각했다.

방에서 체포된 주민들은 다음 날 아침에 마을 한 가운데서 공개 처형당했고 몰래 영화 시청이 이뤄지던 집은 잿더미가 되어 그 집 주인인 부부와 아이들과 함께 스러졌다.

그리고 계속해서 색출이 이뤄졌다.

그럼에도 불구하고 조선의 영화와 만화영화는 계속해서 사회주의 속을 헤집고 있었다.

작은 쥐 한마리가 세상을 흔들기 시작했다.

그 쥐는 조선을 상징하기 시작했다.

＊　＊　＊

"뭐야?"

"작품 구상안과 원안입니다."

"구상안과 원안? 어디 보세. 흠……."

"괜찮습니까?"

"아니. 볼 필요가 없겠어. 이런 걸로 만화영화의 인물로 쓴다고? 쓸데없는 짓을 벌이지 말고 자네 일이나 열심히 하게. 그래도 누구보다 빠르게 그림을 그릴 수 있으니 말이야. 자네가 그런 것에 신경 쓰지 않았다면 진즉에 월급이 오르고 승진했을 것이네. 알겠는가?"

"……."

"대답은?"

"예……."

"좋아. 그럼 가 봐."

"……."

부푼 꿈을 안고 조선에 온 미국 청년의 어깨가 떨어졌다.

그는 조선의 영화 기술을 빌려서 만화영화를 만들고 싶었다.

그리고 조선에 와서 만화영화 회사가 있다는 사실에 놀라 회사를 직접 방문해 구경하고 무릎을 꿇고 입사시켜 달라고 애원했던 인물이었다.

결국 고구려 만화영화사에 입사에 실력 좋은 화공이 되

248

었다.

처음엔 만화를 그릴 수 있다는 생각에 매우 행복하게 여겼다.

그러나 세달 동안 남이 창작한 원안을 따라 그리기만 했을 때 참을 수 없는 욕구를 느꼈다.

반복 작업을 하면서 이제는 실증을 느끼고 있었다.

만화영화사에 입사했지만 즐겁지 않았다.

그러나 자신의 이름이 걸린 작품을 만들겠다는 꿈을 품고 있었고 직접 작품 구상안과 원안을 들고 부장이라 불리는 사람을 찾아가서 보여줬다.

다시 그것을 보여줬을 때 부장이 심히 인상을 찌푸렸다.

"아니, 그냥, 동화만 그리라니까. 그걸로 하면 안 팔려."

"그래도……."

"그래도는 무슨 그래도야? 자리로 돌아가!"

보지도 않고 돌려보내는 상사 때문에 끝내 인상을 팍 썼다.

그때 옆을 지나가는 사람이 있었다.

그는 회사의 사장보다 높은 직책을 가진 사람으로 그를 본 청년이 소스라치게 허리를 굽히면서 인사했다.

이태성이 청년에게 물었다.

"못 본 얼굴인데, 이름이 뭡니까?"

"월트 디즈니입니다……."

"월트 디즈니… 미리견에서 왔습니까?"

"예……."

"조선말을 알아들을 수 있나 봅니다?"

"열심히 공부했습니다. 뵙게 되어 영광입니다. 회장님."

영광인데 그리 기쁜 표정이 아니었다.

디즈니가 어째서 그런 모습을 보이고 있는지 태성은 멀리서부터 보면서 알고 있었다.

사실 그가 누구인지 처음부터 알고 있었다.

두 사람이 인사하고 이야기하고 있을 때 부장이 와서 급히 태성에게 인사를 했다.

"회장님!"

태성이 부장에게 물었다.

"아까 전에 이 직원에게 소리치던데 뭔가 문제라도 일으킨 겁니까?"

부장이 대답했다.

"일으킨 것은 아니고, 쓸데없는 짓을 하지 말라고……."

"어떤 것을 말입니까?"

"만화영화 연출가가 되고 싶다고 작품 구상안과 인물 원안을 가지고 옵니다. 그래서 제가……."

"보기는 봤습니까?"

"예, 예?"

"보진 않았습니다."

"보고 판단해야 하지 않겠습니까? 그런데 보지도 않고 그렇게 소리칩니까?"

"그게… 아니, 죄송합니다. 회장님……."

변명 하려다가 신속히 잘못했다고 시인했다.

그러자 이태성은 더 이상 부장이라는 사람을 질책하지 않았다.

그를 질책하기보다 디즈니가 준비한 작품과 원안에 관심을 뒀다.

디즈니에게 그가 들고 있는 문서를 달라고 말했다.

"그걸 나에게 보여주겠습니까?"

"아, 예……."

태성이 디즈니가 준비한 작품을 보고 피식했다.

만약 그가 사람을 그려서 만화영화를 만들었다면 딱 그런 느낌일 것 같았다.

그리고 그 느낌은 천군 중에 오직 자신만이 알 거라고 생각했다.

문서를 주면서 디즈니에게 말했다.

"바꿉시다."

"예?"

"모두가 사람을 그리는데 똑같이 사람을 그리면 특별함이 있겠습니까? 사람이 아니라 동물을 그려보는 겁니다."

"동물을 말입니까?"

"그렇습니다. 기왕이면 쥐가 어떻겠습니까? 쥐를 귀엽게 그려서 사람의 표정을 지을 수 있게 만드는 겁니다. 잠시 연필 좀 주겠습니까?"

"아, 예…….."

"이렇게, 이렇게 그리는 겁니다. 어떻습니까?"

"와!"

"이런 느낌으로 원안을 준비해주십시오. 그러면 작품을 맡기진 않더라도 최소한 원화가로 이름을 올릴 수 있도록 해주겠습니다. 어떻습니까?"

"그렇게 하겠습니다!"

"원안을 준비해서 내게 보여주십시오."

"예! 회장님!"

태성이 자신이 기억하는 사람처럼 행동하는 쥐를 그려줬다.

미리 이름을 가지고 있었던 쥐였지만 그것까지 알려주진 않았고 그저 특징만을 살려서 나름대로 가지고 있던 그림 실력을 발휘했다.

그로부터 영감을 얻은 디즈니가 원안을 준비해서 태성에게 보여줬다.

원안을 본 태성이 환하게 미소를 지었다.

"이 아이를 주인공으로 만화영화를 만들어 봅시다. 그리고 약속대로 원화가에 이름을 올릴 수 있도록 하겠습니다."

"감사합니다."

"앞으로도 고구려 영화사의 발전을 위해서 힘써주기 바랍니다."

"예! 회장님!"

원하는 감독이 될 순 없었다. 처음부터 감독이 되기 힘들다는 것을 알고 있었다.

그저 동화 제작을 위해 반복적으로 그리는 무료한 작업에서 벗어나길 원했을 뿐이었다.

그런 디즈니의 소망이 이뤄졌다.

그의 원안을 기초로 작품이 준비되고 감독이 선정됐다.

만화영화가 완성되자 곧바로 조선에서 상영이 이뤄졌다.

이어 미국과 유럽에서도 개봉되고 전 세계 아이들의 마음을 훔치게 됐다.

조선의 '미기'가 세계를 휩쓸기 시작했다.

"엄마, 미기가 너무 귀여워요~"

"집에 설치해 둔 쥐덫을 없애면 안 될까요? 미기가 너무 불쌍해요."

"아니야. 그 쥐랑 그 쥐랑 달라."

"정말 달라요?"

"그래. 미기는 착하지만 쥐는 병균을 옮기는 나쁜 동물이란다. 그러니 꼭 없애야 돼. 알겠니?"

"네……."

"이제 미기를 보여줬으니 공부를 열심히 해야 해. 알겠지?"

"네. 엄마……."

런던이었다.

영화관에서 미기가 개봉하자 어머니들이 아이의 손을 잡

고 가서 조선의 만화영화를 보여줬다.

아이들은 사람처럼 표정을 짓고 말하는 미기를 좋아했고 미기와 함께 다니는 개인 '진돌', 언제나 세상 냉철하게 사는 듯하다가도 사고를 치는 오리인 '오덕'과 어눌한 말투로 말하면서 의리가 있는 덩치 큰 개 '구비'에 웃음을 터트렸다.

그리고 미기를 좋아하는 구두를 신은 쥐인 '민희'를 예뻐했다.

만화영화를 보고 나온 아이들은 미기와 민희에 푹 빠졌고 학교에 가서 두 만화영화 캐릭터에 대해서 이야기를 늘어놓았다.

특히 귀족 아이들 사이에서 조선의 만화영화에 관한 이야기는 대화에 낄 수 있느냐 없느냐로 나뉠 정도였다.

아이들 사이에서 논쟁이 일어났다.

"진돌이 구비라니까!"

"아니야! 진돌과 구비는 전혀 달라! 이름부터 다르잖아! 진돌은 미기의 애완견이라고!"

생김새가 조금 다르고 이름 또한 달랐지만 개라는 이유하나만으로 이미지가 겹치는 캐릭터가 있었다.

아이들은 두 캐릭터가 동일한지 아닌지로 열띤 논쟁을 벌였다.

그리고 논쟁이 심해져서 싸우다가 선생님으로부터 따끔하게 혼나기도 했다.

조선 만화영화가 세상을 휩쓸고 있었다.

유럽 신문사를 통해서 사람들에게 기사가 알려졌다.

무수한 제목이 신문 전면을 가득 채웠다.

[아이들의 꿈과 희망, 미기와 민희!]

[고려가 만화영화에 생명력을 불어넣다!]

[흥부전으로 고려의 전통을 알리고, 미기와 민희로 세상을 정복하다!]

[고려의 만화영화는 언제 급성장을 했는가?]

신문을 읽은 조지 5세가 인상을 차를 마시면서 인상을 썼다.

그리고 정원의 탁자 맞은편에 앉아 있는 로이드조지에게 말했다.

"영화에 이어서 이번에는 만화영화로군. 고려에서 이제는 이런 것까지 만들다니… 우리에게도 만화영화를 만드는 회사는 없는가?"

"있습니다. 폐하."

"그런데 여태 뭘 한 거지?"

"작품을 영화관에서 상영했지만 아무도 보질 않아서……."

"……."

"지금 대영제국뿐만이 아니라 프랑스에서도 고려 영화와 만화영화가 잘 나가고 있습니다. 그들의 기세를 현재누를 수가 없습니다. 기술과 발상에서 완전히 밀리고 있습니다."

"이 대로면 놈들이 영화 같은 걸로 활개 쳐도 못 막겠
군."

"죄송합니다. 폐하."

"경이 죄송할 일이 아니다. 단지 고려가 비정상적이다
싶을 정도로 잘 나갈 뿐이니까. 하지만 그것이 짐과 짐의
제국에게는 매우 큰 위협이다."

한숨을 쉬고 조지 5세가 말했다.

"우리가 역사상 위대한 제국이라 불리는 이유는 우리 식
민지를 통해서 또한 우리의 무역을 통해서 우리 문화가 세
상에 전해졌기 때문이다. 심지어 미국조차 우리말을 쓰
고 있지 않나. 고려가 이런 식으로 문화 공격을 해오면 결
국 우리가 차지하고 있던 자리마저도 빼앗길 것이다. 고려
의 문학과 영화, 그리고 이제는 만화영화가 자리를 차지하
겠지. 그 꼴을 절대 두고 봐선 안 돼. 그러니 총리는 장관
들과 긴밀히 논의해서 고려의 문화 공격을 어떻게 막을 수
있을지 조치를 결정하고 짐에게 알려라."

"예. 폐하……."

"국력에서 밀리더라도 우리의 영향력마저 지워져선 결
코 안 된다."

본토에서 밀리는 상황인데 식민지면 말할 필요도 없었
다.

조지 5세와 로이드조지뿐만이 아니라 영국의 귀족이 조
선의 영상매체 공격을 크게 경계했다.

영국 내 영화관 관장들은 수익을 위해 끊임없이 조선 영화와 만화영화를 수입하고 있었고 그것을 본 관람객들은 열광하면서 조선의 영화와 만화영화가 세계 최고라고 말했다.

　결국 영화관 상영에 대한 영국 정부의 조치가 내려졌다.

디즈니랜드

외국 영화 상영 3편 이후엔 반드시 영국에서 제작된 영화를 상영해야 하는 쿼터제가 실시됐다.

그로 인해서 영국 내 영화관 관장들이 들고 일어났다.

"고려 영화를 수입해서 이제야 생활이 나아졌는데 쿼터제가 웬 말이냐?!"

"쿼터제 반대! 쿼터제 반대!"

"자유 시장 경제를 보장하라!"

"보장하라! 보장하라! 보장하라!"

그리고 반대 시위도 함께 일어났다. 시위자들은 영국인 영화감독과 배우들이었다.

"우리는 고려와 경쟁할 수 있을 때까지 보호받기를 원한다!"

"쿼터제 찬성! 쿼터제 찬성!"

"외국 영화 수입으로 국내 영화인들이 다 죽는다!"

"와아아아~!"

서로에게 명분이 있었고 보호무역이라는 깃발이 솟아오르게 됐다. 영국의 상황이 온 세계와 조선에 전해졌다.

이희가 장성호로부터 보고를 받고 기가 찬 표정을 지었다. 영국이 벌였던 지난 일을 기억하고 있었다.

"전에 청나라가 자기 것을 지키려고 할 때 아편으로 분탕질을 치고 전쟁을 일으키더니, 처지가 바뀌니 기본상영제로 우리 영화와 만화영화를 제제 하는군."

"그래도 4분의 1입니다. 4번 중 3번은 우리 영화와 만화영화가 상영됩니다."

"그야 금수조치를 내리면 전 영길리 백성들이 봉기할 테니 궁여지책이라고 본다. 해서 경은 영길리의 상영제도를 어떻게 할 생각인가?"

"그대로 둘 생각입니다."

"그대로 둔다고?"

"예. 폐하. 조선은 영길리와 다릅니다. 힘으로 강제하지 않고 스스로 열게끔 만들 겁니다. 우리는 영길리인의 지갑을 열 것입니다."

장성호의 미소가 의미심장했다. 그리고 무엇을 계획하고 있는지 이희가 듣고 크게 웃었다.

"하긴, 꼭 영화나 만화영화로만 돈을 벌 필요는 없지. 이 회장에게 경이 말한 바를 전하라."

"예, 폐하."

황명을 받고 곧바로 태성에게 찾아갔다.

그리고 이희에게 말했었던 것을 알려주자 태성이 순식간에 이해를 하고 똑같이 미소 지었다.

그가 웃으면서 장성호에게 물었다.

"그러면 이제부터 캐릭터 사업을 벌이는 겁니까?"

"그래. 아이들의 마음을 훔치는 데에는 만화영화보다 그 것만 한 게 없지. 미기와 민희로 1조원을 벌어보세."

"예! 특무대신!"

상징적인 의미의 1조원이었다. 실제로 1970년대에 일본에서 만들어진 고양이 캐릭터는 해마다 수 조원을 벌어들이며 일본을 상징하는 캐릭터가 되었다.

그러한 역사적 사실을 장성호와 태성이 알고 있었다.

그리고 조선에는 미기와 민희가 있었다.

문구회사들과 의복, 신발 업체와 협력했다. 심지어 합성수지를 성형하는 회사와도 협력해서 장난감을 생산할 수 있도록 했다.

조선에 미기 매장이 들어서고 미국에도 미기 캐릭터 관련 상품을 파는 매장이 들어섰다.

그곳에서 미기와 친구들이 옷과 배낭, 운동화, 인형, 배게, 소꿉놀이 장난감으로 탄생됐고 매장 개점 직후 인파로 폭발했다. 아이들의 손을 잡고 온 어머니들의 지갑이 비워지고 있었다.

"엄마, 저거 사주세요."

"안 돼. 저건 너무 비싸."

"갖고 싶어요. 제발 사주세요~"

"안 돼. 약속대로 민희 인형 사줄 테니까, 저건 다음에 사자. 알았지?"

"소꿉놀이 장난감도 갖고 싶어요, 엄마~ 으아앙~!"

"이를 어째……."

자녀에게 선물 하나를 사주러 들어갔다가 재앙을 만난 격이었다. 인형을 사러 들어갔다가 소꿉놀이 장난감을 보고 여자아이가 주저앉아서 울었다.

사람들의 시선이 단번에 쏠렸고 아이의 어머니는 결국 인형도 사고 가격이 훨씬 비싼 장난감을 살 수밖에 없었다. 귀족의 신분을 가진 부호의 자식이 들어와서 매장을 훑어보며 집사에게 말했다.

"여기 있는 물건들을 다 사도록 하지!"

"도…도련님 그렇게 하시면……."

"뭐가 문제지? 알프레드? 사고 싶은 대로 사면되는 거 아냐?"

"주인 어르신께선 사시더라도 종류별로 한개씩 사라고 말씀하셨습니다. 평민도 물건을 살 수 있어야 된다고 말씀하셔서."

"그럼, 알겠어. 아버님 말대로 해. 점장에게 종류 별로 한개씩 사겠다고 말해."

"알겠습니다. 도련님."

재력을 가진 이가 매장에 들어오자 종류별로 하나씩 사면서 엄청나게 매출이 올랐다.

그리고 그런 인물은 영국에 생각보다 많았다.

때로는 어른이, 때로는 귀족과 부호의 아이가 찾아와서 미기와 민희에 관련 된 상품을 쓸어 담았다.

그리고 문구용품점에서도 미기와 친구들의 얼굴이 새겨진 공책이나 필기구가 불티나게 팔려 나갔다.

그 사실을 영국 신문사들이 취재하지 않을 수 없었다.

미기와 친구들 매장 앞에서 줄 선 영국인들의 사진이 찍혔고 한 부호의 어린 도련님이 차에 물품을 잔뜩 싣고 가는 모습이 기사에 사진으로 실렸다.

그런 기사를 읽으면서 조지 5세가 손을 떨었다.

"이런 식으로 공격을 가해오다니……."

"캐릭터 상품으로 이런 막대한 수익을 거두리라곤 상상조차 못했습니다. 이미 프랑스와 스페인에서도 우리와 비슷한 일을 경험하고 있습니다……."

"선왕들께서 이룩하신 것들이 짐의 대에서 무너지다니… 죽어서 선왕을 뵐 낯이 없네… 우리 땅에서 이런 일이 벌어지다니……."

"폐하……."

국민들이 조선의 것을 찾고 있었다.

조선의 영화를 시작으로 만화영화가 들어오고 이어서 캐릭터 제품이 파상공세를 벌였다. 대영제국의 보호무역이 깨지고 결국 조선의 것으로 채워지기 시작했다.

다른 유럽 나라들도 사정이 다르지 않았다.

이제는 조선을 두고 그저 유럽 대전에 참전해 승전한 강대국 수준으로 여기지 않았다.

조선에는 다른 나라들이 가지지 못한 특별함이 있었고 그것은 문화에서 절정을 이뤄가고 있었다.

1년이 지나서도 미기와 친구들이 보여주는 기세는 대단했다. 온 유럽에 100개가 넘는 매장이 생기면서 아이들은 미기와 민희를 살아 있는 친구로 여기게 됐다.

미국에서도 미기와 친구들의 열풍이 몰아닥쳤다.

유럽 전역보다 많은 150개에 이르는 매장이 생겼고, 흔히 중산층이라 불리는 가정의 아이들이 미기와 친구들을 소망하면서, 미기의 얼굴이 새겨진 배낭과 민희 인형, 혹은 소꿉놀이 장난감 등이 방의 한 자리를 차지했다.

그리고 미기와 민희, 굽, 오덕 등의 운동화를 신고 학교로 향했다. 그 운동화는 나인기 운동화이기도 했다.

만화영화를 하나 잘 만들어서 막대한 수익을 올리고 외화를 쓸어 담았다.

그것은 이내 아이들을 위해서 쓰이게 됐다.

제주도에 '미기 놀이동산'이 세워졌다.

집채만 한 미기와 민희가 놀이동산 문 앞에서 환영하는 자세를 취하고 있었고 그 아래에서 고관 대신들과 장성호와 태성이 차에서 내리면 함께 차에서 내린 이희를 모셨다.

이희가 놀이동산 문 입구를 보고 장성호에게 말했다.

"짐의 가슴이 뛰는군. 마치 어린아이처럼 말이다. 이곳에 아이들이 오면 정말 좋아하겠군."

"조선 백성들뿐만 아니라 중국과 일본, 미국과 영길리까지 세계의 모든 아이들이 올 것입니다. 그리고 아라사의 아이들은 이를 부러워하게 될 겁니다."

마지막 말에 목표가 담겨 있었다.

장성호와 이희는 소비에트의 사람들이 조선을 부러워하게 만들려고 했다. 러시아의 내전이 끝나기도 전에 미리 그것을 준비하고 있었다.

정문을 지나 놀이동산 안으로 들어갔고 두 사람을 따라 대신들과 고구려 영화사 직원들이 따라 움직였다.

그중에 원화가로 이름을 올린 월트 디즈니도 있었다.

디즈니는 미국인이었지만 조선의 황제를 눈앞에서 볼 수 있음에 영광이라고 생각했다.

그리고 20개가 넘는 놀이기구를 보고 탄성을 터트렸다.

미기 놀이동산은 그야말로 세계 최대, 최고를 목표로 건설된 놀이동산이었다.

회전목마를 비롯해서 사람이 탄 열차를 비스듬하게 끌어올려서 철길 위를 달릴 수 있게 한 놀이기구도 있었다.

그것은 미국에서 롤러코스터라 불리는 놀이기구였다.

미기 놀이동산에는 무려 다섯 종류의 롤러코스터가 있었다.

시험으로 움직이는 열차를 보면서 이희가 감탄했다.

"허허, 뒤집어지기도 하는군."

"열차의 바퀴를 위와 아래, 옆으로 붙들고 있어서 절대 이탈하지 않습니다. 그리고 안전대가 어깨에서부터 몸을 눌러서 고정시키기에 관람객이 타면 절대 튕겨나가지 않고 아찔함을 즐길 수 있습니다."

"놀이기구의 이름이 어떻게 되는가?"

"청룡열차입니다. 용처럼 틀임을 하기에 붙여진 이름입니다. 미기 놀이동산을 상징하는 놀이기구가 될 겁니다."

장성호의 설명에 이희가 고개를 끄덕였다. 그리고 자신의 바람을 말했다.

"타고 싶군."

장성호가 이희를 제지했다.

"폐하께서 타셔서는 아니 됩니다."

"어째서?"

"말씀드렸다시피 아찔한 놀이기구이기 때문입니다. 그래서 만 60세 이상의 백성들은 저 놀이기구를 탈 수 없습니다. 폐하의 옥체를 보전하소서."

장성호의 이야기를 듣고 이희가 실망한 표정을 지었다. 그리고 이내 신하들에게 말했다.

"그러면 환갑을 넘지 않은 신료들이 타면 되겠군. 어디 저 놀이기구를 타 볼 신료는 없는가?"

이희의 물음에 젊은 관리 한명이 앞으로 나섰다.

"신이 한 번 타보겠습니다. 폐하."

"얼굴을 모르겠군. 이번에 새로 관리로 임명된 자인가?"

"예. 폐하."

"이름이 무엇인가?"

"방씨 성에 이름은 정환이라고 하옵니다. 학부에 속한 7품 관리입니다."

"방정환이라, 이름을 기억하지. 타보고 짐에게 감상을 알려 달라."

"예. 폐하."

체격이 컸지만 절대 험악한 인상은 아니었다.

오히려 순한 곰과 같은 인상이라 그저 보는 것만으로도 미소가 지어질 수 있는 인물이었다. 방정환이 청룡열차로 향하자 학부대신도 따라 청룡 열차로 향했다.

"신도 타 보겠습니다."

주시경이 직원의 안내를 받으면서 방정환과 함께 청룡 열차에 올라탔다. 열차가 움직이기 시작하자 두 사람은 크게 긴장을 했고 이내 비명을 질렀다.

"우와아악!"

"아아악!"

산만큼 높이 올라간 청룡 열차가 아래로 떨어졌다.

그리고 특유의 철길을 따라 빠르게 움직이다가 뒤집어졌고 그때 두 사람이 고개를 푹 숙였다.

그 모습을 보고 구경하던 대신들이 박장대소했다.

잠시 후 멈춰 선 청룡 열차에서 내린 두 사람이 이희에게 와서 감상을 전했다. 얼굴이 크게 상기되어 있었다.

"대박입니다!"

"정말 재밌습니다! 아이뿐 아니라 어른까지 매우 즐거워할 것 같습니다! 이런 놀이기구가 있는 놀이동산이 곧 개장한다니, 조선인으로서 자랑스럽습니다! 벌써부터 외국인의 찬사가 들립니다!"

"감축 드립니다! 폐하!"

흥부전이 상영된 이후로 대박이라는 말이 유행했다.

두 사람의 증언에 이희가 웃으면서 알겠다고 말했고 못내 그것을 타지 못해서 매우 아쉬워했다.

그리고 다른 열차 놀이기구를 봤다.

그중에 나무판 위로 빠르게 달릴 수 있는 열차가 보였다. 그 열차는 미국에도 있는 놀이기구였다.

간판에 놀이기구의 이름이 쓰여 있었고 그것을 본 이희가 기이하게 생각했다.

"이 놀이기구는… 조금 이상하군. 놀이기구의 이름이 조선말이 아니군."

"영어를 한글로 썼습니다."

"무슨 의미의 글인가?"

"의미가 있기 보단 사람 이름입니다. 이번에 미기를 만듦에 있어서 공을 세운 자를 위해 놀이기구에 이름을 붙였습니다."

놀이기구 이름이 사람이름이었다. 장성호가 이희에게 설명했을 때 태성이 디즈니를 불렀다.

"월트."

"예. 회장님."

"자넬 위한 놀이기구일세. 와서 보게."

멀리 떨어져 있던 디즈니가 앞으로 천천히 걸어왔다.

그리고 놀이기구 앞에 세워진 미기와 민희를 보고 아래에 새겨져 있는 자신의 이름을 봤다.

다른 용도로 그의 이름이 쓰이고 있었다.

[환상의 세계에 오신 것을 환영합니다. 디즈니랜드.]

"……?!"

디즈니랜드라는 이름을 보고 흠칫 하면서 놀랐다.

태성이 디즈니를 격려했다.

"그동안 정말 수고했네. 자네가 원화가였던 덕분에 이렇게 놀이동산까지 지었네. 이 놀이기구를 타면서 사람들이 자네를 기억할 것이네."

"가…감사합니다…! 회장님!"

"나 말고 폐하께 감사를 전해드리게."

"황은이 망극하옵니다! 폐하……!"

울면서 태성과 이희에게 허리를 굽히며 감사의 뜻을 전했다. 이희는 앞으로도 좋은 작품을 만들 수 있도록 수고해 달라는 말을 전했고 장성호와 태성은 울먹이는 디즈니를 보고 피식 웃었다.

두 사람이 서로를 보고 어깨를 으쓱했다.

'놀이기구 하나에 저리 좋아하다니…….'

디즈니랜드가 본래 어떻게 쓰여야 하는지를 알고 있었

다. 그러나 그것은 지워진 미래 속에 파묻었다.

아무래도 디즈니는 그것만으로도 너무 감사하고 기뻐하는 듯했다.

며칠이 지나서였다. 영화와 만화영화의 섬에 조선인 관광객들과 외국인 관광객들이 입도했다.

배와 여객기를 통해서 제주도를 방문했다.

"저 사람, 누구야?"

"세상에! 엑소더스에서 안중근 역을 맡았던 김종덕이잖아! 빨리 사인 받아!"

미국의 자산가가 휴가를 써서 조선을 방문했다.

제주도 영화 거리를 걷다가 종덕을 발견하고 사인을 해달라고 어눌한 조선말로 말했다.

사인 요청을 받은 사람은 자신이 종덕이 아니라 엑소더스의 안중근처럼 차림을 한 것이라고 말했다.

대신 사진을 함께 찍어주고 원화 3원을 받았다.

제주도에서 사진을 찍었다는 생각에 미국인 가족은 흡족한 미소를 보이면서 계속 거리를 구경했다.

일본에서도 관광객들이 왔고 중화민국과 초나라에서도 관광객이 왔다.

그리고 소수의 영국 사람과 프랑스 사람들도 있었다.

그들은 하루는 영화 거리를 관광하고 둘째 날은 새로 지어진 놀이동산으로 향해 위락을 즐기기 시작했다.

영국에서 온 아이가 놀이동산 정문을 가리키면서 환하게 웃었다.

"엄마! 아빠! 민희예요!"

"그래. 민희구나."

"미기도 있어요!"

"그래. 그래. 여기서 표를 사서 들어가자꾸나."

"네! 엄마!"

처음에는 관람객이 그리 많지 않았다.

그러나 개장 소식이 신문으로 알려지고 사람들에게 소문이 퍼지면서 엄청난 인파가 놀이동산에 몰려들었다.

세상에 없는 놀이기구를 타면서 아찔함을 느꼈고 놀이동산에 부속되어 있는 동물원도 관람하면서 아이들은 놀이기구를 타는 즐거움과 사자와 호랑이를 구경하는 흥분을 함께 맛보게 됐다.

그리고 앞으로 여름에는 수영장이 개장하고 겨울에는 썰매장과 스키장이 개장한다는 것을 알게 됐다.

조선에 세워진 유원지가 세상 널리 이름을 떨치기 시작했다. 그리고 그 사실을 성한이 신문으로 보게 됐다.

아이들은 학교를 갔고 지연은 비번 휴일을 맞이했다.

커피를 탄 지연이 가지고 와서 소파에 앉았다.

성한이 고맙다고 말하면서 커피를 마셨다.

지연이 성한에게 신문의 내용을 물었다.

"무슨 기사가 실려 있어?"

성한이 대답했다.

"제주도에 미기 놀이동산이 개장했다는데, 대박이야. 관람객이 엄청 몰려들고 있어. 조선 국내는 물론이고 가까운

일본이나 중국에서도 말이야. 심지어 유럽에서도 오는 관
람객이 있다고 해."

"여객기가 있으니까 그래도 가긴 가는구나."

"그래. 배를 탔으면 엄두도 못 냈을 테니 말이야. 혹시 애
들이 좋아할까?"

"좋아하기는 할 걸? 머리가 컸다고는 하지만 그래도 애
들이잖아. 미국의 유원지보다 훨씬 크고 재밌는 놀이 기구
가 있을 거 아냐?"

"자이로드롭 같은 것도 있어."

"그러면 재밌어 하겠네. 그러면 다음에 애들 데리고 조
선에 가볼까? 정말 오래간만에 말이야. 가면 왠지 많이 바
뀌어 있을 것 같아."

"그래. 조선에서 신형 여객기가 나오면 그걸 타고 가자.
그러면 며칠 걸리지 않고 이틀이면 조선에 도착할 거야.
내년 쯤이면 나올 거야."

"그래."

미기 놀이동산에 대해서 두 사람이 이야기 했다.

계속해서 신문을 읽다가 다른 소식을 성한이 지연에게
말했다.

"프랑스에서 백화점이 개점한다는데?"

"그, 남강백화점인가 뭔가 하는 백화점 말이야?"

"그래. 그리고 조만간 미국에도 들어올 거야."

"그 백화점이 우리가 아는 그런 백화점이라면서?"

"맞아. 개점하면 아마도 난리가 날 거야. 이 시대에선 상

상 못 할 것들이 있으니까. 이제 백화점에서 물건만 사는 일은 없어질 거야."

세상에 수많은 백화점들이 있었고 백화점에는 온갖 제품이 진열되고 팔리고 있었다. 그 제품은 정확하게 중산층 이상의 고객을 노렸으며 절대 싸지 않았고 수준이 있는 상품만 있었다.

그리고 1층엔 언제나 명품 매장이 자리를 지키면서 그곳이 어떤 곳인지를 단번에 보여줬다.

상층에는 언제나 레스토랑이 위치하면서 쇼핑을 즐긴 사람들이 식사를 하면서 창문 밖으로 보이는 풍경을 즐겼다. 그리고 그것이 전부였다.

그것이 20세기 초의 백화점 풍경이었다.

성한과 지연은 그 이상의 것을 알고 있었다.

*　*　*

프랑스에 조선군 1군단이 여전히 주둔하고 있었다.

조선군 1군단은 별일이 없으면 2년 후에 프랑스에서 철수하기로 한 상태였고 프랑스에서 머무는 동안 조선군의 위용과 국위를 드높이고 있었다.

새로 프랑스의 땅이 된 알자스로렌 지역에서 주둔하며 지역 주민들을 돕고 실전 같은 훈련을 벌이고 있었다.

그러던 어느 날이었다. 프랑스 주둔군 사령관이 된 박승환이 1군단장으로 승차한 안중근을 불렀다.

그날은 안중근의 생일이었다.

"축하금일세. 생일을 축하하네."

"감사합니다. 사령관님."

"그리고 휴가증일세."

"예?"

"그동안 부대 기강을 지키기 위해서 힘쓰지 않았나. 집에 가 봐도 된다고 그리 말했는데도 남아 있으니, 파리에도 가서 잠시 쉬다 오라는 이야기일세. 여기 상품권도 있네."

"이것은… 무엇입니까……?"

"파리에 조선의 백화점이 개점했어. 남강백화점이라고 하더군. 우리 백화점이 파리에 개점한 기념으로 군에 상품권을 선물로 줬네. 그것 가지고 자네 사고 싶은 것들을 사게. 오늘은 부대에서 생일 축하를 받고 내일 파리로 휴가를 다녀오게. 알겠나?"

"예. 사령관님."

"나가보게."

"예. 필승!"

"필승."

안중근이 휴가증과 백화점 상품권을 받았다.

군단장이라는 직책은 군에서도 매우 높은 직책이었기에 휴가를 받으면 사령관의 허락을 받고 조선에도 다녀올 수 있었다. 그러나 그는 그러지 않았다.

자신 휘하에 수만명에 이르는 장병들이 지휘를 받고 있

었다.

참다못한 박승환이 안중근을 반강제로 휴가를 보냈다.

파리에 도착한 중근이 숙소를 잡고 하루를 푹 쉰 뒤 이틀째부터 파리 구경에 나섰다.

에펠탑을 뒤로 조선군 정복을 입고 거리를 돌아다녔다.

사람들이 중근을 보면서 수군거렸다.

"와, 고려군이다."

"어깨에 별이 있어. 설마 장군인가?"

"그런 것 같은데……?"

"그런데 어디선가 본 얼굴 같지 않아?"

"어디에서 말이야?"

"엑소더스에서 말이야. 거기에서 나오는 안중근을 닮은 것 같아."

"진짜네……."

프랑스에서만 지낸지 수년이었다. 중근도 어느 정도 프랑스 말을 알아들을 수 있었다.

그는 안중근을 닮은 사람이 아니라 본인이었다.

사람들의 주목을 받으면서 남강백화점 파리 지점으로 향했고 그곳에서 엄청난 인파가 몰려 있는 것을 보게 됐다. 안으로 들어서자 분수대 앞에서 웅성거리는 사람들의 이야기가 들렸다.

"이 분수대 엄청 멋지잖아."

"저기에 사진을 찍어주는 사람이 있어. 저 사람에게 사진을 찍어달라고 말하자."

"그래."

연인이 사진사에게 돈을 주고 사진을 찍었다.

그것을 기다리는 사람들이 길게 줄을 섰고 안중근은 무시하고 좀 더 안으로 들어갔다.

그러자 여느 백화점처럼 1층을 차지하는 명품 매장들이 눈에 보였다. 돌쇠네가봤나가 보였고 주모와 구씨, 브라다 같은 조선의 명품 매장이 입점해 있었다.

가방으로 유명해진 프랑스의 유명 명품 매장과 일부 유럽의 명품 매장도 눈에 보였다. 오버핏이라 불리는 형태의 코트를 입은 여인이 한껏 멋을 부리면서 매장에서 나왔다. 그녀를 사람들이 선망의 대상으로 쳐다봤다.

사람들이 기다리는 무수한 승강기 중 하나를 타고 최상층으로 올라갔다.

문이 열리자 앞에서 왁자지껄 하는 소리가 났고 매표소에 줄을 선 파리 시민들이 보였다.

안중근이 서서 영화관 입구를 구경했다.

"와, 이렇게나 상영관이 많은데도 매진이야!"

"대체 언제까지 기다려야 하는 거야?"

"세상에! 저녁까지 기다려야 해! 그래도 오늘 안으로 볼 수 있다는 사실이 너무 감사해!"

오래 기다려야 한다는 사실에 놀란 것이 아니 아니었다. 당일에 표를 사서 볼 수 있다는 사실이 더 놀라운 일이었다.

관람 시간을 앞두고 있는 관객들은 취식물을 파는 매대

278

앞에서 팝콘과 핫도그라 불리는 미국 음식을 사고 상영관 입구 앞에서 줄을 서다가 직원이 끈을 치우자 안으로 들어갔다. 그 모습을 보고 안중근이 발걸음을 옮겼다.

"배가 고프군."

상영되고 있는 영화는 이미 부대에서 특별 상영으로 본 영화들이었다.

아래층에 음식점들이 있기에 자동계단을 타서 아래층으로 내려가서 어떤 음식점을 들릴까 고민했다.

그러다가 조선 음식을 파는 곳으로 들어갔다.

백화점에서 파는 조선음식은 어떨지 매우 궁금했다.

안에 들어가자 프랑스 직원들이 그를 맞이했다.

식탁에 앉자 직원이 와서 주문을 물었고 중근은 중식 코스를 시켜서 음식이 나오기를 기다렸다. 잠시 후 음식이 나왔을 때 직원에게 궁금한 것을 물었다.

"혹시, 조리장이 고려 사람입니까?"

직원이 대답했다.

"아, 아닙니다."

"프랑스 사람인가요?"

"네. 고려에서 직접 요리를 배우신 것으로 압니다."

"그렇군요."

프랑스 사람이라는 말에 크게 기대하지 않았다.

하지만 놓인 음식을 보자 음식은 누가 봐도 조선 음식이라 여길 수 있는 수준이었다.

죽이 나오고 이어 탕평채와 더덕무침, 잡채가 나오고 너

비아니가 나오면서 푸짐한 한 상이 차려졌다. 그것을 맛
봤을 때 중근은 조선에서 먹던 음식 맛을 느꼈다.

'제대로 조리했군!'

옆 식탁을 쓰는 프랑스 사람들의 이야기가 들려왔다.

"엄마. 이거 맛있어요."

"그래. 엄마도 정말 맛있어. 자기는 어때요?"

"나도 정말 맛있는데? 진짜 대단한 음식 같아."

누구도 싫어할 수 없는 음식이었다.

깔끔하면서도 맛이 뛰어나다는 말에 안중근이 미소를 짓
고 괜히 속으로 자랑스러움을 느꼈다.

그때 조리실에서 쉐프가 나와 안중근에게 인사했다.

조선 군인이 왔다는 말에 나와서 인사를 한 듯했다.

"조리장인 쁘띠입니다."

"오, 조선말이로군. 조선말을 할 줄 아십니까?"

"예. 나리. 조선에서 요리를 배우면서 함께 배웠습니다.
저, 음식 맛은 어떻습니까?"

"정말 맛있습니다. 솔직히 이 요리들이 궁중 요리와 다
를 바 없는데, 이런 걸 요리해서 제게 주시다니. 감사할 따
름입니다. 조선 생각이 많이 납니다."

중근의 이야기를 듣고 쉐프가 환하게 웃었다.

오히려 맛있게 먹어줘서 더 감사하다고 안중근에게 말했
다. 그는 자신이 배운 요리가 제대로 된 것인지 언제나 궁
금해 했다.

그리고 그런 노력에 대한 보상을 확실하게 받았다. 고려

레스토랑에서 식사를 하는 모든 손님이 극찬을 아끼지 않았다.

또 그 모습을 보고 안중근이 한 번 더 자랑스러워했다.

'불란서에서 우리 음식이 이렇게 인정을 받게 되다니……'

서양 열강으로부터 무시를 받고 침략을 받던 옛 기억을 떠올렸다. 그런 시기를 이겨내고 당당한 나라로 거듭난 조국이 자랑스러웠다.

식사를 마치고 상품권으로 값을 치렀다.

그리고 백화점에 대형 서점이 있다는 것을 알고 지하 2층으로 향했다.

서점에 들어서자 안중근의 눈동자가 커졌다.

"이런 서점이… 여기에 있다니……."

함께 들어온 시민들의 생각도 같았다.

"뭐 이리 커?"

"여기가 고려 백화점의 서점이야……?"

"제일 크잖아! 이 정도면 세계에서 제일 큰 서점이야!"

국립 도서관도 그만한 크기일 것 같지 않았다.

안으로 들어간 시민들은 책장에 꽂혀 있는 책을 조심히 읽었다.

시민들 중에 영화 관람을 기다리는 연인들도 있었다.

"영화 관람을 기다리면서 여기서 책을 볼 수 있다니……."

"그러게 말이야."

"고려 사람들의 머리가 비상한 것 같아. 어떻게 이런 것을 생각할 수가 있지? 덕분에 우리도 엄청 기분 좋게 기다릴 수 있어."

서점 안에 작은 카페가 있었고 그곳에서 사람들이 음료를 시키고 명상의 시간을 가졌다.

서점의 책 중에 조선에서도 잘 팔리는 책이 있었으니, 그 책은 조선의 옛날이야기를 담은 동화였다.

그중에는 만화영화로 흥행했던 흥부전도 있었다.

번역된 흥부전을 엄마가 아이를 품에 안고 읽고 있었다. 그리고 마음에 들었는지 계산대에서 계산하고 다른 책을 알아 봤다.

조선의 과학적 지식이 담긴 책들도 있었다.

"시공간이라니? 이게 무슨 이야기야?"

"사과가 땅에 떨어지는 것은 질량이 주는 인력이 아니라 공간이 일그러진 거라는데? 일그러진 공간으로 사과가 떨어지는 것이라 그림으로 나타나 있어. 그리고 공간뿐 아니라 시간도 왜곡된다고 해."

"말도 안 돼. 무슨 그런 논리가. 그러면 저 하늘 멀리 위로 올라가면 시간이 변하나? 다른 것에서는 고려를 인정해도 이건 인정해 줄 수 없을 것 같아."

서점을 찾은 학자들이 논쟁을 벌이고 있었다.

그 모습을 보고 중근이 눈썹을 들썩였고 보고 싶은 책을 골라서 제목을 확인했다.

"인간의 본성을 무시한 극단적인 개혁… 공산 사회주

의…라……．"

안중근은 정치에 관련된 책 한 권을 발견했다.

현재 러시아에서 벌어지고 있는 일을 제대로 알고 싶었던 안중근은 책을 집어 들었다.

그 책은 프랑스어가 아닌 조선어 원문으로 되어 있어서 안중근이 쉽게 읽을 수 있는 책이었다.

그 책을 가지고 계산대 앞으로 가서 계산했다.

상품권으로 책을 구입한 뒤 지하 1층에 올라 식료품 매장을 구경했다.

매장 중에 세계의 술을 파는 매장이 있었다.

"고려의 명주가 왔습니다! 안동 소주! 최고의 술입니다! 그리고 막걸리도 있습니다! 미 대통령인 윌슨이 고려를 방문 했을 때 고려 황제와 함께 마신 고려의 민중 술입니다! 오셔서 시음하시고 사세요!"

조선의 술을 판다는 말에 안중근의 귀가 크게 열렸다.

맛을 본 프랑스인들이 감탄했다.

"이거 맛이 괜찮군."

"정말 깔끔한 맛이야."

"뭔가 음식이 먹고 싶지 않아? 이걸 먹으면 매운 음식도 먹을 수 있을 것 같아."

"고려의 술이 이렇게 좋은 술인지는 몰랐어."

사람들의 칭찬 세례 속에서 안중근이 발걸음을 옮겼다.

주류 판매점 직원에게 안동 소주를 하나 달라고 말했고 직원이 중근을 보고 환하게 웃었다.

"조선군이시군요."

"조선말을 할 줄 압니까?"

"네. 조선에 갔다가 배웠습니다. 그래서 조선 술에 대해서도 압니다."

아무래도 조선에 있다가 돌아온 프랑스인이 백화점에 매장을 낸 듯했다.

그를 통해서 조선이 세상에 더욱 잘 알려지고 있었다.

중근이 상품권으로 술을 계산했다.

"여기, 상품권입니다."

"감사합니다. 다음에 또 와주십시오."

"알겠습니다."

인사를 받으면서 서점에서 떠났다. 그리고 다시 1층으로 와서 미처 구경하지 못한 옆 건물로 향했다.

옆 건물에 남강백화점 파리점이 자랑하는 찜질방이 있었다. 간판을 보고 안중근이 안으로 들어갔다.

안에는 이미 옷을 갈아입고 찜질을 즐기는 파리 시민들이 있었다. 불가마 속에서 땀을 뻘뻘 흘리고 있었다.

"이거, 핀란드의 사우나와 비슷한 것 같은데……?"

"사우나하고는 완전히 달라. 사우나를 즐길 땐 옷을 벗고 하의만 가리고 있어야 하잖아. 이렇게 옷을 입고 땀을 흘리진 않는다고."

"그래서인지 이렇게 가족이 함께 즐길 수 있어서 좋아."

"그러게 말이야."

굳이 남녀가 떨어져서 서로 다른 사우나를 즐길 필요가

없었다. 옷을 입고 찜질방을 즐길 수 있기에 가족이 함께 들어와서 땀을 흘리며 노폐물을 뺄 수 있었다.

웃으면서 고려의 찜질방이 좋다는 사람들을 보고 안중근이 미소 지었다. 그리고 어느 정도 땀을 흘린 뒤 밖으로 나와서 시원한 공기를 들이마셨다.

한쪽에 찜질방을 제대로 즐기는 법이라는 설명 판이 붙어 있었고 거기에 타월을 꼬아서 머리에 쓰는 방법이 그려져 있었다. 안중근도 타월이라 불리는 수건을 꼬아서 머리에 쓰고 다니고 있었다.

이후 취식물을 파는 곳에서 반가운 음료를 보고 주문했다.

이미 그 음료를 산 프랑스 사람들이 감탄하고 있었다.

"와, 이거 엄청 시원한데? 마시니까 살 것 같네!"

"맛있기도 엄청 맛있어! 달아! 대체 뭐지?"

"식혜라는데? 고려 전통의 음료라고 되어 있어!"

"진짜 맛있네. 이거."

종이 빨대를 통해서 밥알이 깔린 식혜를 맛있게 마셨다.

한쪽에는 삶은 계란을 까서 먹고 있었고 그 모습이 마치 프랑스가 아닌 조선에 와 있는 듯한 느낌이었다.

그저 사람이 다르고 건물이 훨씬 현대적이었다.

식혜를 마신 안중근이 웃으면서 찜질방에 드러누웠다.

찜질방에서는 잠을 자도 된다고 설명판이 붙어 있었다.

안중근은 나무목 베개를 베고 진정한 휴가를 만끽했다.

저녁쯤에 숙소로 돌아와서 음식 주문을 했고, 숙실에서

배를 채우며 백화점에서 사온 안동 소주를 마셨다.

명주에 좋은 음식이 뱃속으로 들어가자 만족감을 크게 느낄 수밖에 없었다.

그리고 책상 앞에 앉아서 사온 책을 읽었다.

책을 읽으면서 러시아의 볼셰비키가 무슨 생각을 하는지, 앞으로 세상은 어떻게 돌아갈지, 볼셰비키에게 어떤 문제가 있는지를 공부했다. 그리고 불을 끄고 잠에 들었다.

며칠 뒤 그는 책을 가지고 부대로 돌아갔다.

파리의 남강백화점은 계속 인산인해를 이루며 조선이 유럽에 세운 명물로 거듭나기 시작했다.

파리에 가면 그곳을 반드시 가봐야 한다는 원칙이 생겼다. 그 사실이 성한과 장성호에게도 전해졌다.

두 사람이 교신을 이뤘다.

"프랑스의 백화점이 사람들을 크게 모으고 있습니다. 아무래도 여태 경험한 적 없는 백화점에 많이 놀란 것 같습니다. 덕분에 파리의 다른 백화점들이 썰렁해졌다 합니다."

―조만간 남강백화점과 비슷한 백화점들이 생겨나겠군요.

"그럴 것이라 생각합니다. 하지만 기존의 백화점들이 백화점을 처분하고 새로 짓는 것은 쉬운 일이 아닙니다. 그만큼 자본이 필요하고 시간이 걸릴 일입니다. 그 사이에 유럽 곳곳에 우리 백화점들이 지어질 겁니다. 이미 프랑스 정부가 일자리 창출로 매우 만족하고 있습니다. 다른 나라들도 그것을 보고 우리에게 지어달라고 요청할 겁니다. 이번 일로 초대박이 났습니다."

—영화관도 있으니 문화적으로도 우리가 중심입니다.

"맞습니다. 과장님. 우리가 이제부터 세계의 중심입니다."

서로가 자신 있게 자찬할 수 있을 정도로 조선은 최고의 위치에 올라섰다. 그 사실에 기뻐했고 그 와중에도 불만족스러움을 느꼈다.

성한이 진중한 말투로 장성호에게 말했다.

—그렇다면 이제, 화룡점정을 찍어 봅시다.

"어떻게 말입니까?"

—영화로 시작해서 여기까지 왔으니, 이제는 다른 분야를 최고로 만들 때가 왔습니다. 음악으로 세상을 제패합시다.

영화에 이은 또 다른 강력한 무기였다.

그 말을 듣고 장성호의 심장이 뛰었다.

벌써부터 콘서트 장에서 울려 퍼지는 세계 사람들의 목소리가 들리고 있었다.

주먹을 불끈 쥐면서 장성호가 대답했다.

"좋습니다. 해봅시다. 이제부터 우리 음악이 세계 최고의 음악이 될 겁니다."

확신을 가지고 크게 외쳤다.

그들은 그렇게 할 수 있는 충분한 지식과 경험을 가지고 있었다.

세상에 크나큰 충격을 안겨주려고 했다.

20세기에서 새로운 음악 문화가 탄생되려고 했다.

조선이 그것을 주도하기 시작했다.

〈다음 권에 계속〉